www.tredition.de

Die Autorin

Beate Thieswald-Schechter, geboren 1969 in Eisenach, wuchs in einem Pfarrhaus in Sachsen-Anhalt auf. Im Sommer 1989 flüchtete sie in die Bundesrepublik. Nach einer pädagogischen Ausbildung studierte sie Sozialarbeit in Jena und Familientherapie in Berlin. Seither arbeitete sie als Sozialpädagogin und Familientherapeutin in verschiedenen Arbeitsfeldern. Ihre Geschichten erzählen von gewöhnlichen Lebensdramen, jedoch auch von ihren Lebenserfahrungen in der DDR, in der manche Entscheidungen mit politischen Risiken verbunden waren. Mit ihrem Mann und ihren beiden Kindern lebt sie in Frankfurt am Main.

www.tredition.de

Für meine Eltern

Beate Thieswald-Schechter

Ostdeutsche Geschichten

www.tredition.de

© 2014 Beate Thieswald-Schechter
Lektorat: Iris Junker

Verlag: tredition GmbH, Hamburg

ISBN
Paperback: 978-3-7323-2098-1
Hardcover: 978-3-7323-2099-8
e-Book: 978-3-7323-2100-1

Printed in Germany

Das Werk, einschließlich seiner Teile, ist urheberrechtlich geschützt. Jede Verwertung ist ohne Zustimmung des Verlages und des Autors unzulässig. Dies gilt insbesondere für die elektronische oder sonstige Vervielfältigung, Übersetzung, Verbreitung und öffentliche Zugänglichmachung.

Der Traum

Diese Geschichte beruht auf einer wahren Begebenheit und spielt an den originalen Orten. Alle Namen, einige Nebenpersonen sowie der Verlauf der Geschichte sind jedoch erfunden.

Heiligendamm im August 1949

„Mensch, das Meer! Guckt mal, das hört gar nicht auf! Unendlich!" Johannes stellte den nicht zu großen Koffer ab, der ihm mit seinen elf Jahren schon zugemutet werden konnte, schirmte mit der Hand die bereits tief stehende Sonne ab und schaute. Dann drehte er sich lachend zu Mutter und Schwestern um und fuhr sich durch die schon wieder feucht geschwitzten Haare. Dabei waren sie gerade erst in Heiligendamm angekommen. Mit der „Molli" waren sie zuletzt gefahren, einer wunderbaren kleinen Dampflock, welche die Seebäder hier verband. Aber es war heute auch am Abend noch sehr warm und der Koffer schwer. Was hatte die Mutter da nur alles hineingepackt? So viele Kleidungsstücke besaßen sie doch gar nicht.

„Sieht das schön aus!" Martha hatte den anderen, kleineren Koffer ebenfalls abgestellt und hakte die Mutter unter. Anna lächelte. In der Tat, was für ein

Anblick! Eben, von der Bahn aus, hatten sie schon einmal einen Blick auf das Meer erhaschen können, doch nun, nach einem kleinen Weg durch den Wald, lag es direkt vor ihnen, tiefblau, glitzernd, ewig neu und verheißungsvoll.

„Wir gehen doch jetzt gleich baden, Mutti, oder?" Die kleine Elisabeth, genannt Lotte, hüpfte vor Aufregung auf dem Weg herum. Anna wechselte belustigte Blicke mit ihrer Ältesten.

„Nun ich glaube, erst einmal sollten wir unser Kurhotel finden und unsere schweren Koffer und Taschen loswerden. Aber dann, natürlich, dann gehen wir sofort baden! Es sei denn, ihr habt Hunger."

„Oh ja", stöhnten alle drei Kinder. Und nun wurde um die Wette spekuliert, was es in einem Kurhotel wohl zum Abendessen geben könnte. Anna studierte noch einmal die Wegbeschreibung, die ihr zugeschickt worden war.

„Kommt, es ist nicht weit, das dort geradezu müsste es schon sein." Entschlossen nahm sie ihre zwei Taschen und folgte dem gepflasterten Weg weiter, auf einen Gebäudekomplex zu, der einmal sehr schön gewesen sein musste, vor dem Krieg. Der lag jetzt vier Jahre zurück.

Sie waren unter den ersten Kurgästen, erst im letzten Jahr wurden die berühmten Hotelruinen zum Volkseigentum erklärt und zum Kur- und Ferienbetrieb umgestaltet. Vor wenigen Wochen hatten die ersten Gebäude ihren Betrieb aufgenommen. Annas Vater hatte ihr vor der Reise erzählt, wie die Fürsten hier einst residierten. Sehr luxuriös musste es zugegangen sein. Die weiß schimmernden prächtigen Gebäude nebeneinander waren bekannt als die „Perlenkette von Heiligendamm". Vielleicht von der Seeseite aus, dachte Anna nach den ersten neugierigen Blicken etwas enttäuscht. Von hier aus wirkten die einstigen Perlen doch erst einmal hart auf dem kaputten und geflickten Boden des neuen Arbeiter- und Bauernstaates von Nachkriegsdeutschland aufgeschlagen. Manche Villen sahen etwas verstümmelt aus unter ihrem neuen weißen Anstrich, andere hatten noch gar keinen. Etliche Fenster waren ersetzt durch unpassende neue, auch die eine oder andere merkwürdige Tür hatte sie schon gesehen.

„Na, wat kiekt ji? Gefält juch dat nich?" Ein alter Mann, der ihnen etwas hinkend entgegengekommen war, sprach sie in noch unvertrautem Platt an und lachte. Anna stellte ihre Taschen wieder ab und grüßte den Mann.

„Sind Sie auch hier zur Kur?" Gleich fühlte sie sich ungeschickt. Angesichts seines Akzentes war er natürlich ein Einheimischer.

„Nee, nee, dat bün ik nich. Ik bün hier in de Kök, ik kok dat Äten." Er tätschelte seinen nicht eben schlanken Bauch und zwinkerte Lotte zu.

„Ji möt noch väl, väl äten. Ik kok juch väl Gaudes. Ji heert jo nix up de Rippen, so ne spakken Lüüd."

„Tja, da haben wir Ihre Zuwendung wohl nötig", antwortete sie, als sie glaubte, den Sinn seiner Worte erfasst zu haben. So anders sprachen die Leute hier! Anna wollte wieder nach ihren Taschen greifen, doch der Mann redete weiter:

„Ik freu mi jo, dat ik hier koken kann. Dor heb ik nie nen leeren Buk nich, un min Fru ward ok noch satt." Grinsend offenbarte er ein kleines Töpfchen unter seiner Jacke, die er trotz der Wärme und vermutlich nur zu diesem Zweck trug.

Anna lächelte und zeigte auf die Gebäude.

„Aber tatsächlich habe ich es mir hier etwas … großartiger vorgestellt. Ich dachte, hier ist keine einzige Bombe gefallen?"

„Nee, dor is allens gaud bläwen, dor harren wi väl Glück, denn de Hitler har jo dor sin Kadetten

Schaul. Wo tau bruken wi so wat in uns Dörp? Dei Hüser hebbens dann nommen vör de Lüüd, dei ut Pommern flücht sünd. As dei dann in anner Hüs kommen sünd, hebben sei sick väl mitnommen. Kiek mol, dor de Finster sünn von dissem Hus und dann de Steen, ganze Muern, väle Balken, allens wat hier wech is."

„Tatsächlich? Wie schade."

„Tja, sei harren jo nix. Wat daun? Dei Hüser wiern lier. De Kinner häwen dor spält. De Russen hebben noch väl mier afbut. Sei können allens bruken. Dor kreit kein Hahn na." Der Mann hatte einen vertraulicheren, etwas gedämpfteren Ton angenommen und sich ihr zugeneigt.

„Die Russen? Ja, bei uns waren sie auch." Anna war ebenfalls leise geworden und spürte, wie sie plötzlich fröstelte und die Augen niederschlug.

„Tja, dei sowjetschen Frünn möten ehr Heimat ok werrer upbugen", prasselte der Koch rasch mit klangvoller, warmer Stimme während er sich langsam von ihr abwandte. „Wär jo allens entzwei dor, orer nich?" Anna nickte. „Dat wiern jo uns Lüüd, jo, jo, so wier dat Marjel." Er machte Anstalten, weiter zu hinken. „Öwer kiek mol in de Runn! So väl Schönes un Gaudes is uns bläwen. Sei können do nich alles bruken." Er kicherte. „Un väl witt Farw hebbens upschmerrt tuletzt. Na, denn erhool di man gaud!"

„Danke." Annas gute Stimmung rutschte gerade bergab. Sie fühlte sich fragil plötzlich, und dieses Gefühl konnte sie gar nicht leiden. Musste er auch von den Russen reden, die Wilhelm hatten? Energisch schob sie düstere Bilder zur Seite.

Es waren nun nur noch wenige Schritte und Anna drückte die Tür des Gebäudes auf, an dem ein großes Schild mit der Aufschrift „Haus Berlin" prangte. Es war wohl eins der besseren, wirkte durchaus noch imposant, und es leuchtete strahlend weiß.

„Das ehemalige Grandhotel", erklärte sie ihren Kindern, dann traten sie in die Eingangshalle. Riesengroß und vornehm war es hier. An einer der Seiten war der mit Marmor verkleidete Empfang platziert. Also doch, dachte Anna und fühlte sich gleich selbst ein wenig glamourös.

„Guten Abend" begrüßte eine junge Frau in kariertem Kleid die Familie und nach einem kurzen Blick in ihre Unterlagen stellte sie fest: „Sie müssen die Spangenbergs sein."

„Ja, die sind wir", lächelte Anna müde.

„Nun, Sie sind auch die letzten unserer erwarteten Kurgäste für heute. Sie hatten wohl eine weite Reise?"

„Oh ja, wir sind schon um sechs Uhr heute Morgen aus dem Haus gegangen und viermal umgestiegen" erklärte Johannes.

„Und mit der „Molli" sind wir auch gefahren", ergänzte Lotte mit wichtigem Gesichtsausdruck. Beide Frauen lachten sich an.

„Weißt du auch schon, warum sie so heißt, unsere kleine Dampflock?" fragte die Frau an der Rezeption Lotte und zog die Augenbrauen hoch. Lotte schüttelte den Kopf. „Es gab einmal eine kleine Hündin, die immer hinter der Bahn herlief. Sie hieß Molli. Irgendwann dann nannten die Leute auch die Bahn so." Lotte freute sich.

„Na, dann will ich Ihnen mal ihr Zimmer zeigen." Mit Schwung warf die junge Frau ihren geflochtenen braunen Zopf auf den Rücken. „Sie teilen es mit einer weiteren Mutter und ihren drei Kindern, das geht leider nicht anders. Die Familie heißt Dross. Bestimmt werden Sie sich gut verstehen, es ist eine nette Frau. Sie können dann auch direkt in den Speisesaal gehen und dort ihr Abendessen einnehmen. Kommen Sie."

Es war ein großes Zimmer mit vier Doppelstockbetten, einem Tisch mit vier Stühlen, zwei kleineren Schränken und einer Waschschüssel mit Krug auf einer Kommode, das nun für drei Wochen das ihre sein sollte. Neben der Kommode stand ein Paravent und zwei der Betten hatten ein Nachtschränkchen. Aus einem der beiden Zimmerfenster sah man aufs Meer hinaus. Unglaublich.

„Die Toilette ist draußen links und ein Bad mit Badewanne befindet sich in der Etage unter Ihnen. Der Badeofen wird abends angeheizt. Es hängt eine Liste an der Badezimmertür, in die man sich eintragen kann." Die junge Frau wünschte gute Erholung und verschwand.

Anna setzte sich auf ihr Bett, das unter dem von Lotte lag und strich auf der noch nicht bezogenen Decke entlang. Dann holte sie die Bettwäsche aus Johannes Koffer und legte sie auf ihr Bett.

„Nachher machen wir das", sagte sie und blickte träumerisch auf das Meer hinaus. „Jetzt gehen wir erst einmal etwas essen."

-

Die nächsten Tage in Heiligendamm waren so schön, dass nichts sie je aus der Erinnerung der Spangenbergs vertreiben würde. Zwar gab es im

Zimmer der beiden Familien ebenso wie im voll besetzten Speisesaal selten eine ruhige Minute, dafür am Strand und auf den Streifzügen durch die duftenden Buchenwälder, zwischen denen das Seebad eingefasst war, umso mehr. Das Essen schmeckte hervorragend, nicht weil es wirklich so erstklassig gewesen wäre, auch besonders reichlich war es nicht bemessen, aber ausgehungert von der Seeluft und den kleinen Urlaubsabenteuern setzten sie sich einfach an den Tisch und aßen mit Appetit. Es gab keine Jagd auf Lebensmittel in den Geschäften, keine Gartenarbeit, damit Gemüse und Obst geerntet werden konnte, kein Kochen und Tischdecken und kein Geschirrwaschen - wie herrlich konnte das Leben sein! Am Abend saßen sie auf der Veranda zusammen und plauderten.

Katharina Dross und ihre Kinder kamen aus Leipzig zur Kur. Auch diese Kinder hatten keinen Vater mehr, er war in den letzten Kriegstagen gefallen. Die beiden Frauen mochten sich, und auch Lotte und Johannes schlossen Freundschaft mit den Dross-Kindern. Hedwig war sieben und damit ein Jahr jünger als Lotte. Franz und Herbert waren neun und zehn Jahre alt und damit gerade noch akzeptable Spielpartner für Johannes.

Am dritten Tag ihres Aufenthaltes hatte Anna mit ihren Kindern wieder einen neuen Abschnitt des Küstenstreifens erkundet. Gerade ließ sie sich genüsslich in das sandige Gras auf einer Düne fallen und schaute aufs Meer hinaus. Johannes und Lotte sausten vorbei, doch Martha tat es ihr nach. Hinter ihnen rauschte der lichte Küstenwald, und seine geheimnisvollen Flüsterstimmen vermischten sich mit dem Kreischen der Möwen und der regelmäßigen Brandung der Wellen vor ihnen. Frisch und salzig schmeckte die Luft, die vom Meer herüber wehte.

Anna betrachtete das in sich versunkene Gesicht ihrer zwölfjährigen Tochter, die sich an den Stamm des jungen einzelnen Baumes lehnte, der hinter ihr stand.

„Na, was hast du, du wirkst so nachdenklich heute?" Sie strich ihr eine Strähne aus dem Gesicht. Ach, wie lange hatte sie für solche Zärtlich- und Aufmerksamkeiten keine Zeit und keinen Sinn mehr gehabt. Wie glücklich waren hier ihre Kinder. Wie leicht und lebendig fühlte sie sich selbst. Umso stärker fiel ihr gerade die Melancholie ihrer ältesten Tochter auf.

„Ach Mama, denkst du nicht auch manchmal an Vati? Wenn er jetzt bei uns sein könnte, wie schön wäre das."

Eine Wolke schob sich vor die Sonne. Dieselbe Szenerie, die eben noch in hellstem, unbekümmerten Sonnenschein gelegen hatte, bekam plötzlich etwas Wildes, Wehmütiges.

„Meine große kleine Martha." Sie strich ihr nochmals über die Wange. Dann schaute sie wieder in die Ferne, angestrengt nun, als müsse sie ganz dort hinten etwas entdecken.

„Ja, auch mir fehlt er." Ihre Stimme klang jetzt anders als zuvor, eingerostet, wie lange nicht benutzt. „Gerade hier, nicht wahr?" Nach einer ganzen Weile fügte sie hinzu: „Aber wie oft wünsche ich es mir auch zu Hause anders: Nicht mehr allein zu sein, allein mit euch, mit all der Arbeit und ohne ein festes Einkommen."

„Glaubst du, er lebt noch?" In Marthas Blick lag etwas Bittendes.

Nun setzte Anna sich gerade und strich sich etwas Sand aus ihrem Kleiderschoß.

„Ja Martha, er lebt noch." Die Ruhe und Bestimmtheit, mit der Anna gesprochen hatte, schien Martha zuerst zu trösten, doch dann schürzte sie die Lippen und schaute fast beleidigt drein.

„Sein letzter Brief ist ein halbes Jahr alt, und gesehen haben wir ihn vor sechs Jahren zum letzten Mal.

Manchmal muss ich mich richtig anstrengen, mich an sein Gesicht zu erinnern." Martha schaute auf ihren Schoß, dann wieder zu Anna. „Ich glaube nicht, dass es ihm dort in Sibirien wirklich so gut geht, wie er immer schreibt. Was schreibt er denn schon überhaupt? Vielleicht ist er todkrank oder überhaupt schon ..." Tränen füllten nun die Augen des Mädchens.

„Martha, mein Kind." Anna nahm ihre Tochter in die Arme. Nun lehnten sie gemeinsam am Stamm des Bäumchens. „Wir müssen einfach hoffen und beten. Was sollen wir sonst tun?"

Johannes sauste heran und kippte zwei Hände voll Hühnergötter vor Mutter und Schwester. Lottes helles Lachen drang vom Wasser her zu ihnen heran. Sie sprang in der Brandung über die Wellen. Jetzt winkte sie kurz zu Mutter und Schwester herüber und sprang schon wieder weiter.

„Was sitzt ihr so trübselig herum?" Johannes Gesicht glühte vor Abenteuerlust und Tatendrang. Er hatte schon erste Urlaubsbräune erworben. „Kommt, wir wollten doch Bernstein und Muscheln suchen."

Anna erhob sich und ließ ihr blaues leichtes Sommerkleid im Wind flattern. Ihr Haar fiel ihr in blonden Wellen über die Schultern. Sie hatte es heute nur zu einem lockeren Knoten hochgesteckt und der war aufgegangen. Nun wehten auch die Haare im Wind und mussten neu gebändigt werden.

„Nein, lass sie, lass sie so Mutti, du siehst schön aus", protestierte Johannes.

„Na, wenn mein Sohn das sagt…", lachte Anna und steckte die Haarklammer einfach an ihren Gürtel. „Komm Martha, vielleicht finden wir Bernsteine und können uns Schmuck daraus machen."

-

Sie hatten wirklich einige kleine Bernsteine an diesem Tag gefunden. Nach dem Abendessen saßen sie zusammen mit den Drosses auf der Terrasse vor dem Speiseraum und beobachteten fasziniert und beglückt, wie die Sonne den Himmel um sich herum in Brand gesetzt hatte. Glutrot tauchte sie langsam ins Meer und ließ eine lange Bahn seiner Wellen ebenfalls feurig glitzern. Nur langsam erlosch sie, und auch der Himmelsbrand beruhigte sich nach und nach. Dafür sangen die Vögel um sie her ein Abendkonzert, und Anna war es, als hätte sie die Vögel seit ihrer Kindheit nicht mehr so jubelnd singen gehört.

„Wie kriegen wir die Löcher in die Bernsteine Mutti?" Martha hatte ihren kostbaren Fund vor sich ausgebreitet. Doch Anna reagierte nicht auf ihre

Tochter, denn Katharina, die neben ihr saß, schluchzte plötzlich. Anna legte ihr eine Hand auf den Arm. Katharina suchte nach ihrem Taschentuch und schnäuzte sich.

„Wenn man bedenkt, was wir alle durchgemacht haben die letzten Jahre, Tag für Tag, oft auch Nacht für Nacht…" Sie schluchzte schon wieder. „Und dann das hier. Das passt doch irgendwie nicht zusammen, das ist nicht die gleiche Welt." Sie schüttelte den Kopf und versuchte ihre Fassung wiederzugewinnen, denn ihre Kinder sahen sie mit großen Augen an. Hedwig legte ihren Kopf auf den Schoß der Mutter und auch Franz drängte sich an sie heran.

„Ja Katharina, das habe ich auch nicht nur einmal gedacht in den letzten drei Tagen. Das alles hier kommt mir vor wie im Traum, als könnte es nicht die Wirklichkeit sein." Beide Frauen schwiegen. Franz und Herbert fingen an, sich zu streiten. Katharina tupfte noch einmal über ihre Augen, nickte den Kopf in Richtung ihrer Söhne und lächelte Anna zu:

„Das schon eher, was?"

„Ach Katharina, überleg nur mal, was uns so unwirklich erscheint:" Anna hatte die Knie hochgezogen und sah aus wie ein junges Mädchen dabei.

„Ein schöner Sonnenuntergang und das Abendlied der Vögel! Dabei geht jeden Tag die Sonne unter und die Vögel singen. Einmal sattessen und nicht den ganzen Tag lang grübeln, woraus wohl die nächste Mahlzeit bestehen könnte, das bringt uns aus der Fassung. Einmal spazieren gehen und den Kindern beim Lachen zuhören, die Augen schließen dazu, soviel Glück können wir gar nicht fassen."

„Wir bekommen fast ein schlechtes Gewissen dabei." Katharina flüsterte und zog die Strickjacke enger um sich herum.

An diesem Abend lag Anna noch lange wach. Sie lauschte dem Rauschen der Brandung und den regelmäßigen Atemzügen ihrer Kinder. Als sie endlich eingeschlafen war, wurde sie gleich darauf vom Brummen eines Bombenflugzeuges wieder geweckt. Ihre aufgerissenen Augen und Ohren registrierten die stille Realität. Langsam beruhigten sich ihre Atemzüge wieder, während sie die Schatten der wenigen Möbelstücke im silbernen Mondlicht beobachtete. Immer wieder einmal träumte sie noch von den Schreckensnächten.

„Alles ist gut", flüsterte sie und überließ sich wieder dem Schattenreich der Träume. Fast gleich darauf flog sie. Sie flog über Wälder und über Seen, endlos über Wiesen und Dörfer, schließlich sogar übers Meer. Dann war sie plötzlich zu Hause. Da stand das Haus auf dem Hügel. Schnee war gefallen. Sie öffnete die Gartentür und lief den gewundenen Weg den Hügel hinauf bis zum Haus. Sie trat zur Haustür hinein und lief die Treppen hoch. Dann schloss sie die Wohnungstür auf und hatte noch stärker das Gefühl, dass irgendetwas passiert war. Sie lief den langen Flur entlang und öffnete die Tür zum Schlafzimmer. Und da saß er: Wilhelm, ihr Mann.

Anna setzte sich auf. Sie rieb sich die Schläfen und fühlte, dass sie nass waren. Ihr Herz klopfte laut und heftig. Gott, was war das? Sie stand auf und holte sich ein Glas Wasser aus dem bereitstehenden Krug. Dann tat sie ans Fenster und sah aufs Meer hinaus. Es konnte noch nicht viel Zeit vergangen sein, denn der Mond stand noch fast ebenso wie nach ihrem ersten Alptraum. Es wird der Vollmond sein, dachte sie und setzte sich wieder auf ihr Bett. Dann stand sie noch einmal auf, um nach den Kindern zu sehen. Lotte hatte sich wieder ganz aufgedeckt. Sie breitete die Decke über das Kind und berührte zärtlich seine blonden Locken.

„Jetzt möchte ich aber wirklich schlafen", flüsterte sie leise vor sich hin und sah beim Einschlafen noch einmal sein Gesicht. Es sah ganz anders aus, und doch war es sein Gesicht.

-

Nach dem Frühstück am nächsten Morgen hatten Anna und Katharina einen gemeinsamen Ausflug geplant. Sie wollten mit der „Molli" nach Kühlungsborn fahren. Kühlungsborn hatte ebenfalls viele Hotels und einen berühmten Strand, aber es war ein richtiger Ort und nicht nur ein ehemals mondänes und herrschaftliches Seebad wie ihr Heiligendamm. Da sie sich am Vortag rechtzeitig vom Mittagessen abgemeldet hatten, durften sie sich beim Frühstück Brote für die Mittagsmahlzeit streichen, und ein paar Frühäpfel gab es auch dazu.

Während Katharina nach dem gestrigen Gefühlsausbruch heute wieder guter Dinge war, ja sich geradezu ausgelassen benahm, war Anna heute still und in sich gekehrt. Das Bild ihres Mannes war nach dem Aufwachen vor ihrem inneren Auge wieder aufgetaucht, zuerst so wie sie es im Traum gesehen hatte, dann aber immer mehr so, wie sie ihn in Erinnerung hatte, so wie sie sich in ihn verliebt hatte und aus ihren besten gemeinsamen Tagen. So träumte sie immer wieder vor sich hin und Sehnsucht griff nach ihr. Allerdings beschäftigte sie auch ihr Traum. Sie erinnerte sich an jedes Detail des

Traumes gestochen scharf, und das war nun wirklich etwas Besonderes. Unweigerlich dachte sie: Und wenn es nun wirklich so ist? Wenn er nun wirklich kommt? Sie hatte immer gefühlt, dass er noch lebte, aber er war nun schon so viele Jahre fort, dass er ihr eher wie eine Erinnerung erschien, nicht mehr ganz wirklich. Sie hatte sich eingerichtet in ihrem Leben mit ihren drei Kindern. Es war ein schweres Leben, manchmal kaum zu ertragen in der Last der Sorge und der Arbeit. Aber schon sechs Jahre hatte sie das alles überstanden. Sie hatte ihre Kinder beschützt und in den Bombennächten im Keller gewiegt. Sie hatte sie gekleidet und ernährt. Sie hatte Kartoffeln und Gemüse im Garten und vor dem Haus angebaut und verarbeitet, das Obst geerntet und eingeweckt. Sie hatte mit ihnen Schulaufgaben gemacht und lesen geübt. Nachts hatte sie die ewig kaputten Kleidungsstücke geflickt, immer und immer wieder. Aus einem erstandenen Kleidungsstück für Erwachsene hatte sie Kleider für ihre Mädchen genäht. Und hatte Lotte bei ihrer Schuleinführung im letzten Jahr nicht hübsch ausgesehen? Sogar echte Lederstiefel hatte sie für sie bekommen. Die waren bereits gefüttert für den Winter, aber gut, der Sommer war im September ja auch so gut wie vorbei gewesen.

Wenn sie sich erinnerte, hatte sie so manches Mal geklagt, vor allem nachts, wenn sie allein vor sich hin arbeitete und die Kinder schliefen. Auch geweint hatte sie, und sogar wütend war sie gewesen auf ihren Mann, dass er so lange weg blieb und sie allein mit all dem ließ. Viele Kriegsgefangene der Westmächte waren ja schon wiedergekommen, aus Russland jedoch war noch kaum jemand zurückgekehrt. Immer wieder trafen von dort Todesnachrichten ein. Sie kannte etliche Familien, die mit dieser Tatsache nun leben mussten. Alle sagten: Sibirien ist das Schlimmste, und ihr Mann Wilhelm war in Sibirien. Sie bekam nicht oft Post und hatte den Eindruck, dass er nicht schreiben konnte, was er eigentlich wollte. Dennoch waren diese Postkarten immer ein Fest für die ganze Familie gewesen. Wie fehlte der Vater auch den Kindern, jedenfalls den beiden großen, Lotte kannte ihn ja praktisch nicht. Johannes redete eigentlich nicht darüber, aber wenn er redete, dann wusste er noch jede Minute seines Fronturlaubes vor sechs Jahren. Da war er fünf Jahre alt gewesen. Von vor dem Krieg konnte er kaum noch Erinnerungen an seinen Vater haben. Aber sie war sich sicher, dass er ihn herbeisehnte. Immer hatte er die beiden Karten, die sein Vater ihm zu zwei seiner Geburtstage geschrieben hatte, neben seinem Bett liegen.

Kühlungsborn war ein schöner Ferienort. Er gefiel den beiden Familien noch besser als Heiligendamm, denn hier war mehr Leben. Es gab Geschäfte, an denen man entlang bummeln konnte und Cafés, in die sie freilich nicht einkehrten. Doch den beiden Straßenmusikern hörten sie lange zu. Lotte durfte dem einen und Hedwig dem anderen schließlich einen Groschen in den Hut werfen. Ansonsten waren die beiden vollauf damit beschäftigt, Molli zu finden. Jeder Hund kam praktisch in Frage und wurde diskutiert. Es half nichts, dass Johannes ihnen erklärte, dass Molli sicher schon längst tot und der Hund vor vielen Jahren hinter der Bahn her gelaufen sei.

„Das weißt du gar nicht", bekam er zur Antwort und wurde weiter nicht beachtet.

Mittags aßen sie im Schatten zweier Strandkörbe ihre Brote. Anschließend waren alle Kinder schon wieder im Wasser. Die beiden Frauen räumten Papiere und Essenreste zusammen.

„Was hast du heute Anna? Du bist die ganze Zeit so schweigsam, geht es dir noch nach, was wir gestern Abend gesprochen haben?" fragte Katharina und lächelte mitfühlend.

Anna räumte weiter. Eigentlich wollte sie gern mit Katharina darüber reden, doch sie suchte nach Worten, die wirklich erklären konnten.

„Ach weißt du, wenn ich dir sagen würde, was mir im Kopf herumgeht, du würdest es vielleicht nicht glauben."

„Was denn, natürlich würde ich es dir glauben." Katharina setzte sich erwartungsvoll auf.

„Ich denke darüber nach, ob mein Mann wohl gerade nach Hause kommt, denn das habe ich letzte Nacht geträumt."

„Das hast du geträumt, so ganz genau?" Ein Ausflugsdampfer hatte an der Seebrücke, die gut zu sehen war, angelegt. Anna sah geistesabwesend zu ihm hinaus.

„Ja, das ist es ja, ich kann mich noch ganz genau an alles erinnern, was ich in diesem Traum getan und gesehen habe. Es war alles so sehr realistisch. Er saß zu Hause auf unserem Bett."

„Oh nein, das gibt es doch nicht." Katharina verbannte die Mülltüte aus ihrem Kreis. Dann strich sie versonnen den Sand zwischen sich und Anna glatt.

„Wenn ich so etwas geträumt hätte… Aber meinst du nicht, es ist nur die Sehnsucht? Von Holger geträumt habe ich damals auch viel, sogar jetzt noch manchmal, obwohl ich weiß, dass er tot ist."

„Tja, ich weiß auch nicht." Anna hob ein wenig die Schultern und lächelte. „Es lässt mich auf jeden Fall die ganze Zeit nicht los. Oft habe ich im Alltag gar nicht mehr viel an ihn gedacht. Es kommt so selten Post, dass ich gar nicht damit rechnen kann. Und wer ist bis jetzt aus Russland zurückgekommen? Höchstens habe ich immer ein bisschen Angst, wenn ich den Postboten sehe, dass jetzt die Todesnachricht kommt."

„Hm." Katharina schüttelte bewegt den Kopf.

„Mutti, komm auch mit rein!" Lotte war tropfnass hergelaufen und zog ihre Mutter am Arm. Anna runzelte die Stirn. Dann stand sie auf und lachte. Sie zog Rock und Bluse aus, denn den Badeanzug trug sie schon darunter.

„Ja, ja, das habe ich dir doch versprochen, also los!" Hand in Hand sauste sie mit ihrer kleinen Tochter in die Brandung hinein. Dort drin stieß sie einen Schrei aus und wedelte hilflos in Richtung Katharina. Alle Kinder um sie herum quietschten vor Vergnügen und spritzten sie nass. Anna spritzte zurück.

-

Als Anna an diesem Abend zu Bett ging, fühlte sie, dass sie aufgeregt war. Nachdem sie den ganzen Tag nicht aufgehört hatte, über ihre nächtliche Begegnung mit ihrem Mann nachzusinnen, hatte sie nun das Gefühl, ihm wieder näher kommen zu können. Vielleicht besuchte er sie wieder in einem Traum. Für einen kurzen Augenblick dachte sie, dass ihr wirkliches Leben miteinander damals weitaus weniger romantisch gewesen war. Dennoch, sie hatte die Freiheit, von ihm zu träumen was sie wollte und so wie sie ihn liebte. Diese Aussicht ließ sie schließlich ganz ruhig und getröstet einschlummern. Sie hörte die Kinder lachen und sah Wolkenfetzen über`s Meer ziehen. Sie hatte ein schwankendes Gefühl, als würde sie noch auf dem Wasser liegen, wie heute mit ihren Kindern, als sie „toter Mann" gespielt hatten. Die Buchen raunten geheimnisvoll. Und plötzlich flog sie wieder, endlos, über Meer und Berge und Wiesen und Dörfer. Da stand sie wieder vor dem Haus daheim. Sie öffnete die Gartenpforte und lief den gewundenen Weg den Hügel zum Haus hinauf. Überall lag feiner weißer Schnee. Sie öffnete die Haustür und roch den eigenen Hausgeruch. Sie lief die Treppe hinauf und drehte den Schlüssel in der Wohnungstür. Sie nahm sich nicht die Zeit, die Tür wieder zu schließen. Zielstrebig lief sie den Flur entlang und schaute ins Schlafzimmer. Da saß er und schaute sie an. Schlecht sah er aus, und große Augen machte er.

Anna stand sofort auf. Sie presste ihre Hand auf ihr rasendes Herz und lief ans Bett von Katharina auf der anderen Zimmerseite. Sie rüttelte die inzwischen Vertraute. Katharina fuhr hoch.

„Was ist passiert?" fragte sie erschrocken und setzte sich sofort auf. Kriegsfrauen – jederzeit auf alles gefasst waren sie.

„Katharina, entschuldige bitte", Anna bekam nun ein schlechtes Gewissen. Katharina fasste Anna am Arm.

„Was ist Anna? Geht es dir nicht gut?" Anna ließ sich auf Katharinas Bett niedersinken:

„Ich habe es wieder geträumt, den gleichen Traum, stell dir vor, genau den gleichen Traum. Er ist zu Hause. Er wartet auf mich. Ich muss heim!" Anna griff sich verwirrt an die Schläfe und sah Katharina Hilfe suchend an.

„Anna, jetzt beruhige dich. Es ist mitten in der Nacht. Du weckst noch die Kinder. Lass uns morgen früh alles besprechen, jetzt kannst du gar nichts tun. Schlaf, vielleicht wolltest du den Traum einfach wieder träumen, weißt du. Du bist vielleicht einfach ein bisschen mitgenommen gerade. Jetzt schlaf erst einmal wieder ein. Morgen ist auch noch ein Tag."

Gehorsam legte sich Anna wieder ins Bett, doch sie tat kein Auge mehr zu und ehe die Dämmerung ihr milchiges Licht über die Betten der Kinder schickte, hatte Anna ihren Entschluss gefasst. In allen Märchen war es so: Geschah etwas dreimal hintereinander, erfüllte sich eine Verheißung. Einen Tag würde sie noch warten. Sie würde nicht weiter mit Katharina darüber sprechen. Sie würde versuchen, diesen Tag noch einmal zu genießen und in Ruhe über alles nachzudenken. Vielleicht kam sie hier gerade einfach nur zur Ruhe und musste deshalb so viel an Wilhelm denken. Zuhause blieb ja keine Zeit zum Träumen. Dennoch: Käme dieser Traum noch ein einziges Mal wieder: Sie würde nach Hause fahren.

-

Am Morgen verhielt sie sich wie immer. Katharina tat ihr den Gefallen und erwähnte den nächtlichen Vorfall ebenfalls mit keinem Wort. Für den Nachmittag verabredeten sie sich zum Tee und gemeinsamen Kartenspielen.

„Naja, wer weiß, ob die großartig Karten spielen werden. Bestimmt zischen sie wieder zum Strand ab nach zehn Minuten," lachte Katharina.

„Egal, dann spielen eben wir eine Runde Canasta oder Rommé zusammen." Anna stand auf. „Jetzt gehen wir erstmal wandern. Bis dann." Damit schob sie Lotte vor sich her in Richtung Ausgang. Es war ihre Idee gewesen, heute wieder allein mit ihren Kindern etwas zu unternehmen, denn sie wollte zwischendurch die Möglichkeit haben zu überlegen und für sich zu sein. Lotte und Hedwig hatten sich damit getröstet, den ganzen Nachmittag miteinander spielen zu können. Johannes und Martha mochten die Idee, ihre Mutter heute für eine längere Strandwanderung wieder für sich allein zu haben.

So machten sie sich auf den Weg. Anna trug ihr zweites, noch einigermaßen passables Sommerkleid in lindgrün mit blauen Blumen und die Tasche mit den Handtüchern und Wechselhöschen. Sie schwatzte mit ihren Kindern, baute zusammen mit ihnen eine Sandburg und suchte Muscheln. Doch immer wieder hielt sie ihr Gesicht in den leichten Wind. Der tat ihr heute besonders gut. Sie hatte das Gefühl, er könnte ihren Kopf ein wenig frei pusten von all den Gedanken, die sie mit sich herumtrug. In jeder noch so kurzen Gesprächspause mit ihren Kindern drängten sie sich in den Vordergrund. Sie verspürte gleichzeitig Ruhe und Spannung in sich. Ein seltsamer Zustand ist das, dachte sie immer wieder. Ab und zu sah Martha sie ein wenig prüfend an, fand Anna. Dann gab sie sich besondere Mühe, fröhlich und unbeschwert zu erscheinen.

Wenn es eine Entscheidung geben sollte, würde sie diese allein treffen.

Als sie zum Mittagessen zurückliefen, war sie allerdings nicht weiter gekommen mit ihren Gedanken als heute Nacht. Das Einzige, was sie wusste, war, dass die nächste Nacht den Ausschlag geben würde. Ebenso wie mit ihren Kindern gab sich Anna auch zum Mittagessen gemeinsam am Tisch mit Katharinas Familie Mühe, sich nichts von ihren Grübeleien anmerken zu lassen. Nach dem Essen begaben sich beide Frauen nach oben, für ein Mittagsschläfchen, oder auch nur, um ein paar Seiten zu lesen. Was für ein Vergnügen. Einfach wieder einmal nur dazuliegen und zu lesen. Alle Kinder hatten natürlich besseres zu tun als Mittagsruhe zu halten. Anna konnte sich auf Martha verlassen. Sie würde ein Auge auf die beiden kleinen Mädchen haben. Und allein ins Wasser zu gehen, hatten sie den Kindern sowieso verboten.

Als sie beide auf ihren Betten lagen, fragte Katharina dann doch:

„Und, hast du dich wieder ein wenig beruhigen können nach deinem Traum letzte Nacht?"

Anna seufzte: „Eigentlich nicht. Ich denke nach, die ganze Zeit. Und ich sehe meine Kinder hier strahlen, regelrecht aufblühen, weißt du."

„Ja natürlich, das ist doch jetzt auch wichtig. Ihr habt das hier alle so nötig."

Anna antwortete nicht mehr. Sie nahm ihr Buch und versuchte wirklich zu lesen, doch es ging nicht. Da ihr die Lider schwer wurden, legte sie es schließlich weg und versuchte zu schlafen. Nach einiger Zeit dämmerte sie auch in einen leichten und lichten Schaf hinweg. Als sie erwachte, fühlte sie sich frisch und erholt. Jetzt hatte sie nicht von Wilhelm geträumt. Vielleicht hatte sie sich nachts doch in etwas hineingesteigert. Mit echter guter Laune machte sie sich fertig für ihr vereinbartes Teestündchen mit Katharina, die gar nicht mehr im Zimmer war, und den Kindern.

Eine Runde Rommé spielten die Kinder auch gerne mit in großer Runde. Doch dann hielt es sie nicht mehr auf den Terrassensesseln. In verschiedene Richtungen stoben sie davon. Nur Martha blieb noch länger und spielte auch noch eine Partie Canasta mit. Dann blickte sie einem jungen Mädchen hinterher, das gerade an ihnen vorbei gegangen war und in Richtung Strand schlenderte. Sie war vielleicht ein oder zwei Jahre älter als Martha und hatte ihr kurz zugelächelt. Anna hatte das Mädchen hier noch gar nicht wahrgenommen in den letzten Tagen.

Martha stand auf und spazierte ihr hinterher. Anna blickte ihr versonnen nach. Katharina sah es.

„Ach, lang ist´s her", seufzte sie mit etwas Wehmut in der Stimme. Sie redeten über ihre eigene Jugend. Was hatten sie gefühlt und gehofft als junge Mädchen? Wie hatten sie die Zeit vor dem Krieg erlebt? War es für sie vorstellbar gewesen, was kurze Zeit später geschehen würde? Niemals. Trotz allem Durcheinander nicht, das damals mehr und mehr für Unzufriedenheit und Unruhe sorgte.

Es war nicht mehr lange bis zum Abendessen, als die Kinder zurück kamen. Sie rannten und hatten augenscheinlich etwas Wichtiges auf dem Herzen:

„Mama, da gibt es einen Bauern, der hat einen Pferdewagen. Er hat gesagt, er würde mit uns eine Kutschfahrt machen, wenn wir wollten.", rief Franz den Frauen schon aus der Entfernung zu."

„Bitte Mama, es kostet auch nur eine Mark für Erwachsene und 50 Pfennige für Kinder pro Stunde", bat auch Johannes.

„Wir müssen doch auch einmal etwas Schönes erleben!" ließ Lotte sich mit Nachdruck vernehmen, die die abweisenden Gesichter der Mütter wohl zu deuten wusste. Katharina schüttelte den Kopf:

„Gerade gestern, wenn ich mich recht entsinne, sind wir bereits mit der „Molli" nach Kühlungsborn gefahren. Wir müssen ja auch für den Rest des Urlaubes noch einmal einen Höhepunkt haben."

„Och, das dauert ja noch ewig", murrte Herbert.

„Zum Glück", lachte Katharina. Doch Anna rang mit sich. Sie rechnete. Sie rechnete die neuen Preise immer noch um, denn die Währungsreform lag erst ein paar Wochen zurück. Billig war es nicht, doch auch nicht unerschwinglich, sicher angemessen. Dann richtete sie sich auf, strahlte Katharina an und deutete auf das Meer.

„Katharina, heute ist ein so schöner Tag. Bestimmt wird es einen wunderbaren Sonnenuntergang geben. Wenn wir dann in der Kutsche sitzen und den Tag ausklingen lassen würden… Ach, ich hätte doch auch solche Lust dazu! Komm, bitte, wir alle zusammen." Anna hatte den Kopf schief gelegt und lächelte.

„Anna, ich wundere mich doch ein bisschen. Ich hätte nicht gedacht…" Dann hielt sie inne, schaute Anna einen Augenblick nachdenklich an und lächelte dann zurück. „Naja, wenn du meinst." Zu ihren Kindern gewandt, rief sie übermütig: „Dann sind wir eben mal unvernünftig und machen zwei Ausflüge hintereinander." Alle Kinder lachten und jubelten. Eben kam auch Martha dazu und wollte wissen, weshalb sich alle so freuten.

„Wir fahren mit der Kutsche in den Sonnenuntergang, gleich jetzt!" Lotte war ausgelassen und fasste die große Schwester bei den Händen.

„Naja, noch ist es strahlend hell und gleich gibt es erst einmal Abendessen." Anna strich Lotte über den Kopf. „Aber Johannes, Franz und Herbert: Vielleicht könnt ihr vorher noch einmal dem Bauern Bescheid geben, dass wir sein Angebot heute gern annehmen würden. Vielleicht so gegen acht?" Sie suchte Bestätigung bei Katharina.

„In Ordnung." Katharina nickte und schaute wieder etwas nachdenklich. Doch dann fiel ihr noch etwas ein. „Wo ist der Bauer denn jetzt? Ihr müsst ja wirklich gleich wieder da sein."

„Er arbeitet dort hinten auf einem Acker", rief Johannes schon im Laufen zurück.

-

Punkt acht Uhr hielt Bauer Rossmann vor dem Eingang des ehemaligen Grandhotels seine beiden glänzend geputzten Braunen an. Er lachte und lüftete grüßend seinen Hut, erfreut über die bewundernden Blicke der beiden Frauen mit ihren Kindern. War das ein Bild! Da hielt eine historische Kutsche vor ihrem Hotel, und sie sah großartig aus. Anna freute sich, dass sie und Katharina, aber auch die Mädchen ihre hübschesten Kleider angezogen hatten. Dazu trugen sie Strickjäckchen über den Armen.

„Ich werd` verrückt, ist das nobel!" Anna reichte Herrn Rossmann, der eben vom Kutschbock herabgesprungen war, die Hand.

„Tja, min Domen, diss is ne Wagonette utn Johr 1925, dei is berrer as de niegen Dinger, Kremser, un so, nich? Dor hinnen sitten sös Lüüd, öwer bi juch spakken Gorn dor ak acht dortwischen, glöwt ji nich?" Er hatte Hedwig ins Ohrläppchen gezwickt, worauf diese quietschte. „De Grote von de Jungs führt mit mi up n Kutschbock", dirigierte er weiter und öffnete die Wagentür. „Bitt schön, min Domen."

„Was hat er gesagt, Mama?", fragte Lotte flüsternd zu Anna herauf.

„Wir passen alle hinein, sagt er. Und Johannes fährt vorn mit." Anna lachte. Johannes feixte und schwang sich nach oben. Franz und Herbert machten kurzzeitig lange Gesichter. Doch als es losging und sie so lustig durchgeschüttelt wurden, war die kleine Enttäuschung wieder vergessen. Das Gefährt hatte noch keine Luftbereifung, doch es war einigermaßen gut gefedert.

Sie fuhren auf Waldwegen, hinter den Dünen und zwischen Feldern. Immer wieder erhaschten sie Blicke aufs Meer. Anna war glücklich. Alle sahen glücklich aus. Schon auf der Hinfahrt begann sich nach einiger Zeit der Himmel mit einzelnen Wolken über der See in zarte Orange- und Rottöne einzufärben. Nach einer halben Stunde wandte sich Herr Rossmann um, zeigte in die Richtung, aus der sie kamen und fragte:

„Trüch?" Anna und Katharina sahen sich nur kurz an und schüttelten dann beide mit dem Kopf. Jetzt schon zurück, ging nicht. Die Kinder jauchzten. Nach und nach nahm die Sonne an Größe zu, je näher sie der Wasseroberfläche kam. Die Kinder übertrafen sich gegenseitig dabei, die anderen auf jede noch dramatischere Änderung der Szenerie hinzuweisen, bis sich nach dem vollständigen Untergang der Sonne die Farben langsam wieder beruhigten und dunkler wurden. Martha lehnte sich an Anna. Als Lotte, die zwischen Hedwig und Herbert saß, dies sah, kam sie ebenfalls zu Anna hinüber und wollte auf Annas Schoß. Und Hedwig wollte auf Katharinas Schoß. Katharina lachte und setzte sich mit Hedwig zwischen ihre beiden Buben gegenüber. Johannes drehte sich um, grinste und rief:

„Na, soll ich auch kommen? Braucht ihr noch jemanden?" Anna legte den Kopf schräg:

„Wenn du Lust hast, gerne." Ihre Stimme klang sanft. Johannes grinste noch einmal, blieb aber wo er war. Bauer Rossmann blickte sich ebenfalls um und nickte zufrieden.

Als sie schließlich ausstiegen, gaben sie Bauer Rossmann gerne, was er verlangt hatte. Er hatte ihnen aus dem Wagen geholfen und nickte wieder, beglückt über die Wirkung seiner Unternehmensidee.

„Noch nen schönen Urlaub wünsch ik ok. Vertellens man to Hus, wat dat bi uns allens tau sein giwt, hier is min Adress. Ik würd mi freuen, wenn juch Fründs ok herkommen daun. Vertellens man öwer allens!"

„Das tun wir ganz bestimmt, haben Sie vielen Dank", erwiderte Katharina.

„Es war wunderschön", schloss sich Anna an.

Als sie die Treppen zu ihrem Zimmer hinaufstiegen, konnte sich Anna eine Bemerkung nicht verkneifen:

„Hoffentlich wird er nicht demnächst als Kapitalist verhaftet."

„Hm, das sind merkwürdige Entwicklungen teilweise, wenn du mich fragst", raunte Katharina zurück.

Die Kinder waren heute müde und weniger wild vor dem Zubettgehen. Ruhig und glückselig schliefen sie ein. Anna mochte auch nicht noch einmal hinunter gehen. Katharina wirkte möglicherweise ein wenig enttäuscht darüber. Doch Anna ging zu Bett, kuschelte sich in ihre Decken und dachte an die Wolken im Sonnenuntergang über der Ostsee. Ein wenig wild hatten sie ausgesehen, unberechenbar, geheimnisvoll. Ich werde einfach schlafen, dachte Anna. Gute Nacht, Wilhelm.

Doch die dunkelroten und lila-schwarzen Wolken über dem noch rot funkelndem Meer holten sie ein. Sie umfingen sie, nahmen sie in sich auf und trugen sie fort. Sie flog weit über Wiesen und Felder, Dörfer und Wälder, Berge und Seen, bis nach Hause. Dort war der erste Schnee gefallen. War es schon Winter geworden? Es schien Morgen zu sein, denn es war noch nicht richtig hell. Sie lief den gewundenen Pfad zum Haus hinauf. Sie fröstelte, deshalb lief sie schneller. Oder gab es noch einen anderen Grund? Die Haustür war nur angelehnt. Die Stufen knarrten unter ihren eiligen Schritten. Sie zog das Lederknötchen an der Wohnungstür, mit dem man die Tür aufklinken konnte, wenn sie nicht abgeschlossen war, und trat ein. Alles war still. Sie schloss die Tür und lief den Flur entlang. Da war ihr Schlafzimmer. Sie öffnete die Tür und sah: ihn.

Anna lag wach in ihrem Bett. Da war der Traum also wieder gewesen. Sie fühlte sich gelöst, nicht panisch, nicht verzweifelt, vielleicht sogar erfreut. Sie wusste, was sie zu tun hatte.

-

Am Frühstückstisch saß sie bleich und aß wenig. Noch hatte sie nichts gesagt. Katharina sah sie immer wieder prüfend an.

„Geht es dir gut, Anna? Hast du auch wirklich gut geschlafen?" fragte sie schließlich, denn vorhin beim allgemeinen Waschen und Anziehen hatten alle durcheinander geredet und versichert, wie himmlisch sie in dieser Nacht geschlafen hätten und dass dies bestimmt an der schönen Kutschfahrt gelegen hätte. Als die Kinder fertig waren und Lotte fragte, ob sie schon aufstehen dürfe, richtete Anna sich auf und sagte leise, doch sehr klar:

„Kinder, wir müssen nach Hause fahren, euer Vater ist aus dem Krieg nach Hause gekommen." Die Augen der Kinder weiteten sich. Katharina sah sie ebenso ungläubig an wie die Kinder.

„Anna, wie kannst du das so sagen…" Anna wendete sich, immer noch stocksteif, leicht in Richtung Katharina.

„Ich erwarte nicht, dass irgendjemand von außen das nachvollziehen kann. Ich weiß jedoch, dass wir nach Hause fahren müssen."

„Hast du einen Anruf bekommen, Mutti?" Martha versuchte verwirrt, das Ganze zu verstehen.

„Hat er hierher geschrieben?" fragte auch Johannes. Anna fühlte sich seltsam schwerelos und irgendetwas in ihrem Bauch war anders; sie spürte Wärme dort. Die Blicke ihrer Kinder hingen an ihren Lippen. Sie war ganz bei sich, als sie ruhig erklärte:

„Nein, ich habe es geträumt, aber es ist wahr. Ich habe es drei Mal geträumt, drei Nächte hintereinander. Ich weiß, dass es so ist, und deshalb müssen wir fahren."

Martha sackte in sich zusammen und schüttelte den Kopf. Johannes ließ sich an seine Stuhllehne fallen und blies sich mit schiefem Mund Luft ins Gesicht, so wie er es oft nach großen Anstrengungen tat. Lotte war aufgestanden und zu ihrer Mutter gelaufen. Sie nahm ihre Hände und fragte:

„Aber Mutti, sind denn Träume wahr?" Anna strich ihr das Haar aus dem Gesicht. Sie lächelte und sagte mit großer Sicherheit:

„Manche schon."

Die kleine Hedwig war die erste, die nach dieser Erklärung ihre Worte wieder fand.

„Müsst ihr jetzt wirklich schon nach Hause fahren, obwohl die Kur noch über zwei Wochen geht? Da können wir ja gar nicht mehr spielen!" Sie stellte sich neben Lotte. Diese wechselte daraufhin ihr Bündnis und griff nach der Hand ihrer neuen Freundin.

„Mutti, ich will aber noch nicht nach Hause fahren. Ich will hier bleiben. Hier ist es schön."

„Ich verstehe nicht, wie du so sicher sein kannst", protestierte nun auch Johannes. „Ich hatte noch nie einen Traum, der dann wahr war. Vater ist in Sibirien. In der Schule haben sie gesagt, dass von dort niemals jemand wiederkommt."

„Das haben die Lehrer euch gesagt?" fragte Anna halb amüsiert.

„Nein", Johannes fuhr sich verlegen durch die Haare. „Die Kinder haben das erzählt."

„Nun, es stimmt nicht, denn einige sind bereits zurückgekommen, wenn auch nicht viele. Ich kenne eine Frau, die eine Bekannte hat, deren Mann vor einigen Wochen aus Sibirien zurückgekommen ist."

Martha stand einfach auf und lief zur Tür.

„Wo willst du hin Martha?", rief ihr Anna hinterher. Martha drehte sich um und wirkte genauso stocksteif wir ihre Mutter noch vor wenigen Augenblicken. Sie antwortete nicht, sondern schüttelte nur noch einmal den Kopf. Dann wandte sie sich wieder um und verließ den Speisesaal. Durch die Fenster sahen sie, wie Martha auf den Strand zulief. Anna seufzte und stellte die Frühstücksteller ihrer Familie aufeinander.

„Du müsstest doch erst einmal sicher gehen", versuchte Katharina einen neuen Einwand. „Vielleicht kannst du es telefonisch herausbekommen. Hier diese Kur abzubrechen wegen eines Traumes, wo du siehst wie gut es euch allen tut…"

„Entschuldige Katharina, aber wenn du das bitte nicht vor meinen Kindern mit mir besprechen wolltest…"

„Na, hör` mal, du hast doch hier am Tisch davon angefangen. Ich meine es doch nur gut. Ich weiß ja auch noch, wie es ist, wenn man auf seinen Mann wartet."

Ohne eine weitere Antwort stand Anna auf und nahm das Geschirr ihrer Familie mit, um es zu einem dafür vorgesehenen Servierwagen zu bringen. Sie nahm es Katharina übel, ihr vor den Kindern in den Rücken gefallen zu sein. Sie war sich ihrer Sache so sicher gewesen, dass sie davon ausgegangen war, alle am Tisch überzeugen zu können von der Besonderheit ihres Traumes und den sich daraus ergebenden Konsequenzen. Jetzt fühlte sie sich ernüchtert, verunsichert und ärgerlich. Johannes lief gerade seiner Schwester hinterher an den Strand. Nun, das würde noch interessant werden. Es sah genau so aus, als würden sich alle gegen sie zusammenschließen. Lotte stand immer noch mit Hedwig Hand in Hand am Tisch bei Katharina und tuschelte mit ihr.

Vielleicht könnte ich wirklich mal beim Roten Kreuz zu Hause anrufen, schaden würde es nicht und womöglich bekäme ich eine Bestätigung, dachte Anna und lief in die Empfangshalle. Arbeitet dort zu dieser Stunde noch niemand, fragte sich Anna ärgerlich und lief wieder in den Frühstücksraum. Sie sprach ein Küchenmädchen an, das gerade den Servierwagen mit dem benutzten Geschirr wegfahren wollte.

„Entschuldigen Sie, ich müsste dringend zwei Sachen wissen: Welches Telefon könnte ich für eine wichtige Angelegenheit benutzen und mit wem kann ich über meine Kur hier reden?"

„Na, wegen beidem müssen Sie mit Oberschwester Berger sprechen. Die kommt immer um neun ins Büro, in der ersten Etage gleich links." Anna dankte und sah auf ihre Armbanduhr. Es war kurz vor neun. Sie lief zu Katharina zurück.

„Katharina, ich muss ins Büro, kann Lotte noch ein bisschen bei euch bleiben so lange?"

„Natürlich Anna, nimm es mir doch nicht übel. Ich habe mir ja schon so was gedacht gestern Abend, als du unbedingt den Ausflug wolltest. Ich finde deinen Traum ja auch besonders. Aber… ich glaube, die Kinder tun mir vor allem leid dabei."

„Ich weiß, mir tut das auch leid. Aber es geht um ihren Vater. Ich kann es nicht besser beschreiben, als dass da so eine Gewissheit in mir ist, verstehst du? Ich kann das nicht einfach ignorieren."

„Naja, du wirst wissen was du tust."

„Danke für dein Verständnis Katharina. Ich hätte es mir hier mit dir und deinen Kindern auch noch länger sehr schön vorstellen können… Ich will jetzt aber wirklich das Rote Kreuz anrufen, das ist doch eine gute Idee." Katharina hatte den beiden kleinen Mädchen ihre Hände auf die Schultern gelegt. Sie blickten Anna traurig hinterher.

-

Anna sprang die prächtigen Marmorstufen zur ersten Etage hinauf. Vielleicht würde sie bereits in den nächsten Minuten Gewissheit haben. Frau Berger war schon da. Sie war eine strenge Frau um die fünfzig in einem grauen Kostüm mit gestärkter weißer Schürze und ebensolchem Schwesternhäubchen auf dem großen, bereits ergrauten Haarknoten am Hinterkopf. Sie trug eine Brille, über die sie Anna nun musterte.

„Das Rote Kreuz müssen Sie anrufen Kindchen, von hier aus, wegen der Ankunft ihres Mannes, aus der Gefangenschaft? Ja glauben Sie nicht, Sie würden benachrichtigt werden, sollte er ausgerechnet in diesen drei Wochen Genesungskur nach Hause kommen, die ihnen ihr Arzt verschrieben hat und die wir nun auch in der Lage sind, Ihnen zu ermöglichen? Gefällt es Ihnen nicht bei uns?"

„Aber Frau Berger, es ist wunderschön hier und meine Kinder und ich … ich fürchte es ist schwierig, es jemand Fremdem zu erklären. Ich hatte einen Traum, und ich möchte Gewissheit haben."

„Oh", sagte Frau Berger nur und schob ihr das Telefon herüber. Sie legte ihr sogar noch eine zentrale Nummer des Roten Kreuzes in Berlin daneben, das sie vielleicht weiter verbinden könnte. Dann verließ sie den Raum.

Anna brauchte nicht länger als fünf Minuten bis sie das Rufzeichen des Roten Kreuzes in Eisenach hörte.

„Guten Tag, mein Name ist Anna Spangenberg. Ich wollte mich erkundigen, ob es Neuigkeiten von meinem Mann Wilhelm Spangenberg gibt. Er ist in russischer Kriegsgefangenschaft."

„Guten Tag Frau Spangenberg, nun, es tut mir leid, von den russischen Gefangenen ist in den letzten Wochen niemand hier angekommen. Es gab vor drei Monaten drei Heimkehrer von dort und im März vier, das waren aber auch die ersten. Nein es tut mir leid, noch wissen wir nichts."

Anna fühlte sich wie betäubt. Sie brachte es kaum fertig, den Hörer richtig aufs Telefon aufzulegen. Dann saß sie einfach da. Was hatte sie nur gedacht? Tatsächlich hatte sie erwartet, ihren Traum hier und jetzt bestätigt zu bekommen. Zum zweiten Mal heute fühlte sie sich unsanft auf den Boden der Tatsachen geworfen. Was war nur los mit ihr? Sie war doch sonst keine Frau, die in den Tag hinein träumte. Nach einigen Minuten kehrte Frau Berger ins

Zimmer zurück. Sie streifte sie mit einem knappen Blick.

„Nun, lassen Sie den Kopf nicht hängen Frau Spangenberg. Jetzt sind sie erst einmal hier. Das haben Sie doch wirklich verdient. Wie viele Kinder haben Sie? Drei? Nun, das war und ist bestimmt nicht leicht für Sie. Wenn ich Sie mir so anschaue – einiges mehr auf die Rippen könnten Sie schon vertragen und auch noch ein paar Tage Schlaf und frische Seeluft. Gönnen Sie sich das Nichtstun, genießen Sie es! Es ist viel zu schnell sowieso vorbei, glauben Sie mir!"

Anna richtete sich auf. Sie sah Frau Berger in die Augen und sagte schlicht:

„Ja, Sie haben recht Frau Berger. Leider muss ich trotzdem nach Hause fahren. Ich kann mich hier nicht vergnügen, während er völlig verhungert und krank aus Sibirien nach Hause kommt. Er ist noch nicht da, aber er kommt."

„Kind, um Himmels Willen, ist Ihnen nicht gut? Weshalb in aller Welt glauben Sie, dass Ihr Mann ausgerechnet jetzt aus Sibirien nach Hause kommt? Meines Wissens sind bis jetzt von dort noch kaum Männer gekommen."

„Ich sagte Ihnen doch bereits, dass ich geträumt habe, dass er kommt. Es war ein sehr realer Traum und ich hatte ihn drei Nächte hintereinander. Ich kann hier nicht bleiben. Mein Mann braucht mich."

Frau Berger ließ sich in die halbrunde Rückenlehne ihres hübschen Schreibtischstuhles fallen. Sie schüttelte den Kopf und musterte sie mit gerunzelter Stirn.

„Unglaublich", murmelte sie und ordnete einen Stapel Papiere. Nach einer Weile sah sie wieder auf. „Nun, ich kann Sie nicht festhalten, meine Liebe. Sie sind hier nicht in Gefangenschaft." Sie hatte das Sie betont und dabei wieder über ihren Brillenrand geschaut. Anna stand auf.

„Sie könnten allerdings von hier jeden Tag wieder beim Roten Kreuz anrufen, Frau Spangenberg. Denken Sie doch an ihre Kinder!"

„Ich weiß Ihre Sorge zu schätzen, Frau Berger, aber ich habe keine Ruhe mehr. Und ich denke immerzu an meine Kinder; deren Vater kommt nämlich nach sechs Jahren wieder nach Hause."

„Nun, es ist ja nicht so, dass sich nicht eine andere Familie freuen wird, an Ihrer Stelle herkommen zu dürfen. Ich wünsche Ihnen alles Gute. Bitte geben Sie dann Ihre Schlüssel noch unten im Empfang ab.

„Natürlich. Auf Wiedersehen Frau Berger und vielen Dank für die schönen Tage!"

Oberschwester Berger sah nicht mehr auf. Sie murmelte nur etwas Unverständliches vor sich hin und schüttelte den Kopf. Wer wartet auf sie wohl zu Hause, ging es Anna durch den Kopf. Hat sie überhaupt Mann und Kinder?

Anna stieg die Treppen zum Foyer ganz langsam hinab. Das Schwerste stand ihr nun bevor: Sie musste ihren Kindern noch einmal und endgültig erklären, dass die Kur zu Ende war, jetzt. Sie würden gleich packen. Anschließend hatte sie dann die traurigen Gesichter ihrer Kinder auszuhalten. Ihr graute davor. Sie beschloss, ihren Kindern auf der Rückfahrt von ihrem Vater zu erzählen. Dass der ihnen fehlte, war ihnen in den meisten Momenten gar nicht mehr bewusst. Lotte wusste nichts von einem Leben mit Vater. Zu ihrer Geburt war er da gewesen und zu ihrer Taufe. Danach hatte er noch einmal Fronturlaub bekommen als sie zwei Jahre alt war. Sie hatte überhaupt keine Vorstellung, wer ihr Vater sein könnte.

Schon von weitem sah Anna ihre Mädchen mit den Füßen im Wasser herum patschen. Lotte hatte Martha an die Hand gefasst. Hedwig saß in einiger Entfernung bei ihrer Mutter im Sand. Die drei Jungen bauten an einer Sandburg, allerdings ohne das sonst übliche fröhliche Geschrei. Anna kam näher. Als die Kinder ihre Mutter kommen sahen, senkten sie die Köpfe womöglich noch tiefer, sagten aber nichts. Anna umarmte sie an den Schultern.

„Es tut mir so leid Kinder. Es war so wunderschön hier. Ich wünschte wirklich, es wäre nicht so, aber wir müssen nach Hause fahren. Denkt nur, wenn euer Vater krank und ausgehungert nach Hause kommt und glaubt, nun ist er endlich wieder bei uns. Wollen wir ihn da wirklich allein lassen, weil wir noch weiter Urlaub machen wollen?"

Betreten stapften die Kinder weiter im nassen Sand herum. Dann plötzlich fasste Johannes sie um den Leib und sah sie mit flehenden Augen an:

„Mutti, kommt er denn wirklich?"

Anna drückte ihn an sich und legte ihren Kopf auf seinen.

„Ich glaube es fest, dass er kommt, Johannes. Ich glaube nicht, dass ich mich irre." Dann nahm sie die Hände ihrer beiden Ältesten und fragte:

„Wollt ihr noch ein Abschiedsbad?" Bedrückt schüttelten sie die Köpfe. Lotte jedoch wollte noch einmal mit Hedwig ins Wasser.

„Komm mit nach oben Lotte und hole deinen Badeanzug. Dann darfst du noch einmal baden, während wir die Sachen packen."

Anna sah Katharinas erwartungsvolle Blicke. Sie mochte jedoch nicht schon wieder erklären und erklären. Sie winkte ihr unbestimmt zu, malte etwas in die Luft, was nach „Wir sehen uns gleich noch einmal" aussehen sollte und lief mit ihren Kindern zurück zum Hotel. Nun fiel ihr allerdings etwas anderes ein: Sie hatte nichts zu essen für die Fahrt. Sie würden erst am Abend zu Hause sein. Auch hatte sie noch keine Reiseverbindungen. Der Fahrplan der „Molli" hing im Foyer des Hotels. Danach würde sie weitersehen müssen. Aber es fuhren ja viele Züge. Dieser Umstand machte ihr weniger zu schaffen als der fehlende Reiseproviant. Als sie die Treppen hinaufstiegen, fiel ihr Blick noch einmal auf die Bürotür der Oberschwester. Sie konnte doch wohl nicht betteln, andererseits bliebe ihr Mittag- und Abendessen ja übrig… Die Bürotür öffnete sich. Frau Berger entdeckte sie ebenfalls.

„Sie gehen packen?" fragte sie hinauf.

„Ja", antwortet Anna. Vielleicht schaffen wir die „Molli" in einer dreiviertel Stunde. Wir haben ja einen weiten Weg." Hinter Frau Berger trat Herr Keller, der Kurarzt, aus dem Büro.

„Hören Sie Frau Spangenberg, was sind das für Geschichten? Sie können nicht einfach ihre Kur abbrechen. Sie haben diese Kur von unserem Staat bezahlt bekommen, damit Sie sich erholen und ihren Aufgaben zu Hause weiter gewachsen sein können. Ihr Arzt hat Ihnen diese Erholungskur verschrieben, weil Sie in keiner guten gesundheitlichen und kräftemäßigen Verfassung sind. Ich erlaube nicht, dass Sie Ihre Kur abbrechen, nur weil sie schlecht geträumt haben. Ich hoffe, wir haben uns verstanden." Damit schloss er die Tür hinter sich, überlegte es sich jedoch offensichtlich anders, denn er kam gleich noch einmal heraus. „Ich möchte Sie heute Nachmittag noch einmal im Arztzimmer sprechen, wenn Sie dann zu mir kommen möchten." Nun verschwand er endgültig im Büro und mit ihm Frau Berger.

Anna spürte ihre Hände zittern. Sie fühlten sich feucht an auf dem glatten, der Hand schmeichelnden Holz des edlen sich in die Höhe schwingenden antiken Treppengeländers. Frau Berger hatte sie beim Kurarzt verpetzt. Mechanisch lief sie weiter die Treppen bis ganz nach oben in ihre Etage und zu ihrem Zimmer. Sie setzte sich auf ihr Bett, die Kinder rechts und links neben sie. Nach einer Weile stand sie auf und begann zu packen. Die Kinder sahen ihr zu. Anna fing Marthas verwirrten Blick auf.

„Wir sind hier nicht in Gefangenschaft", wiederholte sie die Worte Frau Bergers. „Kommt helft mit, packt eure Sachen, wir haben keine Zeit zu verlieren. Lotte, hier ist dein Badeanzug und ein Handtuch, du kannst zu Hedwig. Wir holen dich dann gleich ab. Pass auf, dass dein Kleid nicht noch nass wird." Sie waren schnell fertig. Nach unten nahmen sie die Hintertreppe, die nicht am Büro vorbei führte. Von weitem winkte Anna Lotte schon, nun aus dem Wasser zu kommen. Ihre Adresse hatte sie für Katharina auf einen Zettel geschrieben. Sie würden sich schreiben können, sofern sie dazu Zeit fänden.

„Was hat das Rote Kreuz gesagt?" fragte Katharina nun doch noch.

„Er ist noch nicht da, doch das ändert nichts. Der Kurarzt hat mich eben auch noch abgefangen und mir verboten, die Kur abzubrechen, doch das ändert auch nichts. Ich habe nun nicht mehr nach Reiseproviant fragen können, doch selbst das ändert nichts, ich werde schon etwas zu essen auftreiben. Hier ist meine Adresse. Ich würde mich sehr freuen, wenn wir in Verbindung bleiben könnten." Anna lächelte ihr strahlendstes Lächeln. Katharina nahm sie einfach in die Arme.

„Du bist eine Frau, die weiß was sie will, meine Herren!" Lachen gluckste aus ihnen heraus. „Und ob wir in Verbindung bleiben!"

Anna half Lotte in ihr Kleid und rubbelte ihr die Haare. Dann verstaute sie das Handtuch mit dem nassen Badeanzug darin oben in ihrer Tasche. „So, kommt jetzt, die „Molli" fährt gleich, aber zum Bahnhof haben wir es ja zum Glück nicht weit. Alles Gute euch vieren!"

Auf dem kurzen Weg zur Bahnstation drehten sich die Kinder wieder und wieder um und blickten dem entschwindenden Paradies nach. Anna jedoch hatte kaum noch einen Blick für die Ostsee übrig, denn sie überlegte fast verzweifelt, wo sie wohl wann günstig etwas zu essen kaufen könnte. Sie machte sich Sorgen; der Kampf ums Überleben hatte bereits wieder begonnen.

Dann standen sie am Bahnsteig. Sie hörten die kleine Dampflok, noch im Wald versteckt, sich ankündigend tuten, als Anna jemand von hinten am Arm berührte. Es war eine junge Frau aus der Küche, die ihr nachgeeilt war. Sie war ziemlich außer Atem.

„Hier, Fru Berger hätt mi mit n Äten taun Mitnähmen schickt. Por Äppel sin ok dorbi, de gifft bi uns tau Merrach taum Tauäten."

Anna trieb es sofort Tränen in die Augen. Was war diese Frau Berger nun für eine Person? Sie wusste es nicht, doch in ihren letzten wütenden Gedanken hatte sie ihr offensichtlich Unrecht getan.

-

Am Bahnhof in Bad Doberan hatten sie noch einmal Glück. Nur eine halbe Stunde später hatten sie Anschluss, und auch die weitere Verbindung war günstig: Nur in Erfurt würden sie noch einmal umsteigen. Gegen sieben Uhr am Abend würden sie bereits in Eisenach sein.

Im D-Zug kamen sie alle zur Ruhe. Nun gab es keine Ablenkung durch Fahrplanauskünfte, Bahnsteigsuche und Ausrechnen der Reisestunden mehr. Jeder saß auf seinem Platz und überließ sich seinen Gedanken. Anna beobachtete ihre Kinder, und eine Welle von Traurigkeit erfasste sie. Da saßen sie, so in sich gekehrt, und trauerten den fünf schönsten und unbeschwertesten Tagen nach, an die sie sich möglicherweise erinnern konnten. Noch fünfzehn weitere hatte sie ihnen genommen. Zum ersten Mal kam ihr plötzlich der Gedanke, was wohl wäre, wenn sich ihr Traum nur als ganz normaler Traum erweisen würde, wenn Wilhelm gar nicht käme. Sie musste ihr Halstuch abnehmen, denn ihr war heiß geworden. Diese Möglichkeit durfte es einfach nicht geben, nicht für ihre Kinder. Sie könnte es sich nicht verzeihen, wegen nichts ihren Kindern dieses Glück genommen zu haben. Wer weiß, ob sie jemals wieder solch eine Möglichkeit bekämen, geschweige denn sich einen richtigen Urlaub leisten könnten.

Draußen zogen Felder und Wiesen vorbei. Ihnen sah man nicht an, dass der Krieg erst vier Jahre vorbei war. Selbst in manchen Mecklenburger Dörfchen, durch die sie vorhin gefahren waren, schien alles unberührt von schlimmen Zeiten. Hier war alles so sonnig. Der Alltag zu Hause tauchte vor ihr auf. In ihrem Kopf lag das Haus auf dem Hügel nicht im Sonnenschein. Alles schien düster und voller Arbeit und Sorge. Zwar hörte sie auch dort die Kinder von irgendwoher lachen. Aber in ihrer Erinnerung sah sie die Kinder dort nicht besonders viel. Sie sah sie nicht spielen wie in Heiligendamm. Die Kinder, wenn sie nicht in der Schule waren oder ihre Hausaufgaben erledigten, spielten draußen oder in ihrem Zimmer für sich. Sie dachte an die langen Abende an der Nähmaschine, wo sie aus alten Kleidungsstücken neue fertigte. Sie sah sich endlos Strümpfe stopfen und Kleider ausbessern, im Sommer möglichst lange am Fenster, das Licht der untergehenden Sonne ausnutzend. Manchmal saß Lisa von nebenan mit ihrem Flick- oder Strickzeug noch mit dabei. Tagsüber fuhr sie, sobald die Hausarbeit getan war, in den Garten - wenn nicht gerade Waschtag war. Die Waschtage waren vielleicht die schlimmsten. Sie schob sie rasch beiseite. Lieber sah sie sich in ihren Garten fahren und die rosenumwucherte und quietschende Gartentür aufschließen. Viel hing davon ab, wie viel sie im Garten ernten konnten. Müssten sie nur von dem leben, was sie auf die Lebensmittelkarten bekamen oder sich von dem bisschen Geld sonst noch kaufen konnten, sähe es alles noch viel schlechter aus. So gab es den Sommer über doch manche gute Mahlzeit mit frischem Gemüse und Obst. Das meiste jedoch wurde natürlich eingekocht, für den Rest des Jahres. Die Kinder waren auch mit im Garten, am Wochenende und nach der Schule. Auch sie halfen schon mit beim Gießen und Ernten. Doch sie ließ sie auch spielen. Sie mochte es, das fröhliche Lärmen der Kinder im Hintergrund zu hören, wenn sie auch kaum Zeit hatte, es anzuschauen.

Mit den geliebten Blumen konnte sie das Familienbudget auch ein wenig aufbessern, wenn sie regelmäßig ihr Blumengeschäft belieferte. Es gab auch jetzt noch Kunden, die Geld übrig hatten, ihren Damen teure Blumensträuße zu kaufen. In diesem Blumengeschäft hatte sie gelernt und gearbeitet. Hier hatte sie Wilhelm kennen gelernt. Sie musste lächeln. Wie war ihr gewesen, als er damals seine Nase platt gedrückt hatte an der Schaufensterscheibe, hinter der sie gerade die Blumen arrangierte und plötzlich geradewegs in seine Augen schaute. Ein aufregendes Kribbeln war ihr durch den Körper gerieselt und wohlig tat es das jedes Mal wieder, wenn sie diese Bilder heraufbeschwor.

Anna schaute ihre Kinder an. Johannes saß ihr gegenüber. Er sah aus dem Fenster, sein Blick war jedoch nach innen gekehrt. Lotte hatte sich neben ihr an sie geschmiegt. Martha saß neben Johannes und las in ihrem Buch. Jetzt jedoch schaute sie ihr ins Gesicht und ihr Blick war feucht.

„Mutti, ist es meine Schuld?" fragte sie flüsternd.

„Was ist deine Schuld?" Anna war irritiert.

„Weil ich traurig war am Strand, dass Vati nicht dabei war, deshalb hast du dann auch darüber nachgedacht und davon geträumt, und nun müssen wir nach Hause fahren."

Anna fühlte sich kalt erwischt. Was, wenn es genau so war, wie es Martha gerade beschrieben hatte? Hatte sich nicht genau in diesem Moment die Wolke vor die Sonne von Heiligendamm geschoben?

„Aber Martha, sag doch so etwas nicht!" Sie versuchte, ihrer Stimme die größtmögliche Bestimmtheit zu verleihen. „Glaubst du nicht, dass ich auch ohne dich ab und zu an meinen Mann denke?" Außerdem war es schon vorher gewesen, dass Wilhelm ins Spiel kam, erinnerte sie sich; als der Koch nämlich von den Russen redete. Doch dieser Einfall beruhigte sie nicht, sondern verwirrte sie zusätzlich.

Martha schaute weg, sie sah nicht überzeugt aus.

„Ich kenne Vati gar nicht", vernahm sie plötzlich Lottes kleine Stimme neben sich. „Wie sieht er aus?"

„Er sieht jetzt ganz anders aus", mischte sich nun auch Johannes ein. „Vollkommen anders, wir werden ihn alle nicht mehr erkennen." Leiser fügte er hinzu: „Eigentlich kann ich mich auch kaum noch an ihn erinnern, obwohl ich doch schon fünf war, als er das letzte Mal bei uns war." Energisch und dann plötzlich kraftlos ließ er seine Arme auf die Knie fallen und Anna überlegte, ob er genau darüber wohl die ganze Zeit gegrübelt haben könnte. Wie es sein konnte, dass er nicht mehr wusste wie sein Vater aussah, obwohl er doch schon fünf Jahre alt gewesen war, als er das letzte Mal auf Fronturlaub war, eine Woche lang. Ihr war zum Heulen.

„Da war ich doch schon zwei, vor sechs Jahren!" rief Lotte laut und hatte die Augen aufgerissen.

„Ja, da warst du zwei, als euer Vater seinen letzten Fronturlaub hatte. Eine Woche lang war er bei uns, und das war eine sehr schöne Woche. Wir sind viel spazieren gegangen, denn es war im Sommer. In der Drachenschlucht waren wir und auf der Hohen Sonne, auch im Freibad. Da hat er…"

„Ja, das weiß ich, da hat er Schwimmen geübt mit mir. Das weiß ich noch genau. Glücklich strahlte Johannes Gesicht in der Erinnerung. Und er ist ganz weit getaucht, nicht wahr Mutti, weißt du das auch noch?"

„Ja", lachte Anna und wischte verstohlen ihre Träne weg. „Und mit dir ist er auch geschwommen Lotte. Er hat dich festgehalten und durch das Wasser gezogen. Du hast ganz viel gelacht und wolltest gar nicht mehr raus aus dem Wasser." Lotte grinste stolz.

„Mit mir ist er um die Wette geschwommen, ich konnte da nämlich schon schwimmen. Ich war ja schon sechs." Marthas Blick strahlte Überlegenheit aus.

„Allerdings", Anna schaute ihre Älteste liebevoll an, „das hatte ich dir nämlich im Sommer davor schon beigebracht. Das heißt, du hast es auch ziemlich schnell gelernt, du hattest ja noch nie Angst vor dem Wasser. Dein Vater war ordentlich beeindruckt von deinen Schwimmkünsten."

„Wenn Vati jetzt da ist, dann können wir ja wieder ins Schwimmbad gehen, oder Mutti?" Lottes Augen leuchteten hell und klar, wie liebte sie diesen süßen Blick.

„Nun ja, vielleicht, wer weiß? Es ist ja noch Sommer. Wir werden sehen." Die bereits wieder aufkommenden Zweifel an der Bedeutung ihres Traumes schob sie schnell beiseite, indem sie den Reiseproviant auspackte. „Es ist Mittagszeit, wer hat Hunger?"

Die mit Genuss verspeisten Reisebrote und Äpfel hinterher verhinderten nicht, dass die Kinder weiterspannen an ihren Fantasien und ihrer Vorfreude auf den Vater, den sie noch gar nicht oder kaum noch kannten. Anna litt. Sie war sich nicht im Klaren, worunter sie mehr litt - unter dieser Vorfreude ihrer Kinder, die nur allzu bald ein jähes Ende finden konnte, oder unter der Enttäuschung ihrer Kinder über den geraubten Urlaub, die jeder Zeit und für alle Zeiten wieder und wieder aufbrechen konnte.

-

Als der Zug nahezu pünktlich kurz vor sieben Uhr abends auf dem Eisenacher Bahnhof einrollte, waren Annas Nerven zum Zerreißen gespannt. Auch die Kinder waren still geworden und blickten unruhig und angespannt aus dem Zugfenster, als müssten sie dort auf dem Bahnsteig gleich ihren Vater erblicken, der sie hier erwartete. Doch niemand stand da für sie, natürlich nicht. Trotzig beschwerte sich Lotte über Hunger.

„Zuhause Lotte, zuhause essen wir die restlichen Reisebrote."

„Ich kann aber nicht mehr nach Hause laufen, das ist mir zu weit!"

„Ruhe Lotte, Marsch!" So konnte Anna auch sein, musste sie können, allein mit drei Kindern.

Sie überquerten den Bahnhofsvorplatz und liefen geradewegs weiter auf den gegenüberliegenden Goldberg zu. Ein kühler Wind fegte fast herbstlich über den Platz. Anna blickte hastig nach links und rechts, als müsse sie sich versichern, dass wirklich niemand sich wunderte darüber, sie nach einer knappen Woche bereits wieder zu erblicken. Morgen vor einer Woche waren sie hier losgefahren. Sie lief zügig, denn warum sollte sie jetzt noch säumen, der Wahrheit ins Auge zu sehen. Außerdem hatte Lotte Hunger und die anderen sicher auch. Sie selbst allerdings nicht, um nichts in der Welt hätte sie jetzt einen Bissen zu sich nehmen können. Kurz bevor sie in den Wald gelangten, blieb Johannes stehen und deutete in den Himmel.

„Schaut mal, das ist doch nicht normal!" Nein, das war in der Tat ungewöhnlich.

„Dort oben gibt es ja einen richtigen Sturm!" rief Martha.

„Da braut sich wohl was zusammen, wir sollten schnell nach Hause kommen", meinte auch Anna, wobei sie sich beim Anblick der jagenden Wolkenberge auch an ihren Traum erinnert fühlte. Mit denen war sie im Traum geflogen.

Den Waldweg über den Goldberg liebten sie alle. Hier roch es immer frisch und gut nach Erde und Tannennadeln. Den Kindern war er Abenteuerland und Auslauf, er gehörte ihnen sozusagen, denn sie kannten hier jede Wegbiegung, jeden Baum und jedes Gebüsch. Sie wussten, wo wann welche Blumen, Beeren oder Pilze wuchsen; und ist es nicht so, dass das, was man ganz genau kennt, einem gehört, irgendwie? Heute jedoch war es dunkel im Wald. Lag es am unruhigen Himmel über ihm, lag es an ihrer düster aufgewühlten Stimmung? Der Wald wirkte fremd und bedrohlich. Fast feindlich streckte er seine tausend Arme nach ihnen aus. Kannte er sie nicht mehr? Sie waren doch nur fünf Tage fort gewesen!

Anna spürte kaum noch den Boden unter ihren Füßen als sie den Waldrand und die Gartenpforte erreichte. Die Kinder keuchten hinter ihr her, doch sie wagten nicht, sich zu beschweren. Der rostige Schlüssel, der an der Innenseite der Pforte am Nagel hing, passte nicht mehr ins Schloss. Anna zwang sich durchzuatmen. Sie stellte nun ihren Koffer ab und rieb sich die zitternden Hände. Martha erreichte sie als erste. Sie nahm ihr den Schlüssel aus der Hand und schloss die Gartentür auf. Johannes schloss als Letzter wieder zu. Sein rascher und verschlossener Seitenblick zum Hauseingang von Wagners hieß diese hinter ihren Gardinen stehen bleiben. Nun die Treppe hinab, um das Haus herum und zu ihrem Hauseingang. Der Kies knirschte vertraut unter ihren Füßen, doch kaum ein Blick war heute übrig für die schöne, alte, verwundete Stadt, die sich so wunderbar ins Tal schmiegte und die umgebenden Berge herauf kroch, ebenso wie auf diesen hier, auf dem ihr Haus neben vielen anderen alten Villen stand. Krönend weilte die Burg über den Höhen der anderen Stadtseite.

„Komm Lotte, es regnet schon", rief die Mutter von der Haustür um die Ecke.

Anna fuhr sich mit dem Handrücken über die feuchte Stirn. Sie zögerte, die Tür aufzuschließen, überlegte, ob sie die Glocke läuten sollte.

„Soll ich aufschließen, Mama?", fragte Martha und sah sie besorgt an.

„Ja, mach nur Martha, meine Liebe", sagte Anna. Ihr war ein wenig dunkel vor Augen geworden und sie hörte ihr Blut rauschen. Auf der alten Holztruhe neben dem Wohnungseingang stützte sie sich ab. Johannes zog den Knotenöffner an der Tür. Wilhelm hatte ihn konstruiert, mit einem winzigen Loch in der Tür. In der Wohnung war es still. Johannes öffnete die Tür zum Kinderzimmer, dann die gegenüberliegende zu seinem Kämmerchen. Lotte lief voraus und schaute ins Schlafzimmer der Mutter. Verlassen standen die zusammenstehenden Betten im Raum. Anna riss die Augen auf. Unwillkürlich hielt sie die Luft an. Mit schweren Schritten wankte sie ins Wohnzimmer. Alles war so, wie sie es verlassen hatten. In der Küche gegenüber tropfte der Wasserhahn. Es roch ganz leicht nach Bratkartoffeln. Da knarrte die Tür der beiden kleinen Zimmer von Annas Schwiegermutter am Ende des Flurs auf.

„Ja was ist denn das? Ihr schon wieder hier? Ist was passiert? Ja Kind, du siehst ja ganz grün aus im Gesicht!" Anna hatte plötzlich keine Kraft mehr. Sie schwankte. Willig ließ sie sich von ihrer Schwiegermutter zu ihrem Bett führen. Die Kinder folgten ihr und standen im Halbkreis hinter ihrer Großmutter. Es klang fast flehend, als sie flüsterte:

„Lasst mich einen Moment allein bitte, ja?"

Als sie allein war, ließ sie sich auf ihr Bett fallen und breitete die Arme aus. Sie sah zur Lampe auf, doch sie sah die sich jagenden Wolkenberge am Himmel und in ihrem Traum. Sie sah das Meer sich in hohen Wellen in der Brandung brechen. Sie hielt sich die Augen zu und schlug den Kopf hin und her. Tränen stürzten ihr übers Gesicht. Sie rollte sich zur Seite und zog die Beine an. Ruhig, ruhig, leise, leise, die Kinder nicht erschrecken. Ganz allein musst du das jetzt tragen, sagte sie zu sich. Stark sein, stark sein, stark sein, für deine Kinder. Dennoch ließ sie die Tränen laufen, sofern sie es leise taten. Ein Weilchen noch, nur ein kleines Weilchen. Die Großmutter ist ja noch da. Vielleicht hat sie noch ein paar Bratkartoffeln für Lotte übrig, so wie sonst. Aber sie wusste ja nicht, dass wir kommen. Du musst aufstehen Anna, deine Kinder haben Hunger und sind genauso verwirrt wie du. Aufstehen!

Nach einer halben Stunde war Anna wieder da. Sie trat mit den restlichen Reisebroten ins Wohnzimmer. Die Kinder hatten ihre Jacken und Schuhe noch an. Die Schwiegermutter saß bei ihnen und hatte sie offensichtlich ausgefragt. Alle saßen mit hängenden Schultern und ratlosen Blicken auf Sofa und Sesseln. Betroffen blickte die Schwiegermutter ihr nun entgegen.

Anna legte die eingepackten restlichen Reisebrote auf den Couchtisch.

„Kommt, jetzt esst die restlichen Brote, ihr müsst ja Hunger haben." Sie selbst nahm keins. Ihr stand auch keins zu, fand sie. Hunger hatte sie sowieso nicht. Doch auch die Kinder kauten lustlos und schweigend auf ihren Broten herum.

„Ich mache euch erst einmal einen schönen heißen Tee", sagte die Großmutter und schlurfte in die Küche. Nach einer Weile kam sie wieder herein. Es hatte noch niemand etwas gesprochen. Fast waren die Brote nun aufgegessen.

Da läutete die Türglocke. Jeder fuhr zusammen. Alle Blicke suchten sich. Wer konnte das sein? Anna sprang von ihrem Sessel auf und lief. Nein, sie lief nicht, sie flog - weit und schnell, über Wiesen und Berge und Felder, sogar übers Meer. Der Weg den schmalen Flur entlang war weit geworden. Nach jeder Wiese, jedem Wald, jedem Gebirge und jedem Meer kam eine Zimmertür rechts und links von ihr. Dann war sie da. Sie riss die Wohnungstür auf, taumelte und glitt an der Wand des schmalen Flurs zu Boden. Da stand er: grau im Gesicht und dünn. Der schmutzige Soldatenmantel schlackerte um seine Schultern. Das Gesicht war voller Bartstoppeln. Das linke Bein schien er nachzuziehen, denn er stützte sich schwer auf sein rechtes. Ein zaghaftes scheues Lächeln huschte über sein Gesicht. Annas Tränen flossen wieder. Er beugte sich hinunter zu Anna und hob sie auf. Er zog sie an sich, und nun weinte Anna laut. Seit langem, langem weinte sie laut und hemmungslos. Die Jahre weinten aus ihr heraus.

Die Kinder standen mit ihrer Großmutter im Flur. Anna hörte nichts. Sie sah sie nur dort stehen und sich an ihre Großmutter klammern. Ihre Gesichter waren verzerrt. Weinten sie auch? Da hatte sie eine Vision: Sie sah Schnee. Über allem lag Schnee, schöner, weißer, leiser Schnee. Alles Alte war zugedeckt. Der nächste Schritt würde wieder ein erster sein.

Musterung

Diese Geschichte beruht auf einer wahren Begebenheit. Viele Zusammenhänge, Beschreibungen, Ortsbezeichnungen und Personen sind jedoch frei erfunden. Alle Namen sind geändert.

Calbe an der Saale im Mai 1964

„Hans, hier ist Post für dich", ruft die Großmutter in den Flur hinein. Es ist ein Samstagvormittag mitten im Mai. Die Fenster im alten Pfarrhaus stehen alle offen, denn noch ist es kühl und die Morgenluft weich. Hans kommt aus seinem Zimmer. „Vom Wehrkreiskommando allerdings", liest die Großmutter nun mit deutlich gedämpfterer Stimme und schaut Hans besorgt an.

„Ah." Das plötzlich weiche Gefühl in Hans` Gliedern ist für die Großmutter nicht wahrnehmbar, hofft er. „Musste ja irgendwann kommen." Er nimmt die Karte und verschwindet wieder. Vor dem Fenster seines Zimmers bleibt er mit hängenden Schultern stehen und fühlt die Veränderung. Etwas Schweres hat sich auf ihn gelegt. „Nun ist es also soweit", sagt er zur beige-grünen Gardine, die halb vor seinem offenen Fenster hängt und schiebt sie zur Seite. Mit der Karte in der Hand lehnt er sich hinaus.

Wie schön der Garten jetzt ist, denkt er. Die Rosen duften bis hierauf, alles ist üppig, grün und bunt. Gerade jetzt muss das sein! Er seufzt, überfliegt die bedruckte Vorder- und Rückseite der Karte und wirft sie hinter sich auf den Boden. Dienstag schon, die haben es eilig. Was, wenn er gerade verreist wäre? Naja, mitten in der Prüfungszeit ist das unwahrscheinlich. Er steht kurz vor dem Ende der schriftlichen Abiturprüfungen, dann kommen noch die mündlichen. Doch wie soll er nun lernen? Zur Musterung soll er. Er ist kerngesund.

Hans dreht sich um und lässt den Blick durch sein Zimmer schweifen. Seine Bude: da steht sein Bett, der alte Sessel mit dem Tischchen davor, der schmale Kleiderschrank, das Bücherregal, der Schreibtisch neben dem Fenster. Ihm ist, als müsse er jetzt schon Abschied nehmen. Alles ist vertraut und erscheint ihm wertvoll. Auf dem Tischchen liegt der Bonhoeffer, „Widerstand und Ergebung - Briefe aus dem Gefängnis". Tja, das ist eine Sache, von Menschen wie Dietrich Bonhoeffer zu lesen und zu schwärmen. Die andere Sache ist immer, selbst gefragt zu sein in seiner Überzeugung, nein, in der handelnden Konsequenz seiner Überzeugung. Hans reibt sich die Schläfen. Er hat sich das nun schon so lange überlegt. Auf so manchem Nachhauseweg am späten Abend nach der Jungen Gemeinde sind ihm die anregenden Gespräche über das Leben als Christ in dieser Gesellschaft nachgegangen. Nach so mancher Diskussion mit dem Direktor, von dem er nach vorangegangenen Diskussionen im Unterricht bestellt worden ist, hat er an diesen Überlegungen gefeilt. Er hat von Gandhi und Martin Luther King gelesen, manchmal bis spät in die Nacht, nur um danach noch lange wach zu liegen und darüber nachzudenken, was all dies wohl für ihn persönlich bedeuten muss, nicht müsste. Und jetzt ist es soweit. Er richtet sich auf. Dann lässt er sich auf sein Bett fallen. Er ist nicht bereit. Alle seine glühenden Überlegungen waren nur Kinderträume! Er will nicht ins Gefängnis, doch genau darauf läuft seine Entscheidung hinaus. Er will normal sein, ein normales Leben führen. Nein, sogar mehr als das will er: Er möchte seine Träume leben, unbehelligt. Früher wollte er einmal Flugzeuge bauen. Eigentlich ist es noch gar nicht lange her, dass er davon geträumt hat. Inzwischen weiß er bereits, dass er solch ein Ziel in diesem Staat, ohne Jugendweihe, vergessen kann. Trotzdem will er noch alles: Die Welt sehen - keine Ahnung wie das gehen soll innerhalb einer gemauerten Staatsgrenze… Er will die richtige Frau treffen. Das ist nicht zu viel verlangt. Irgendwann einmal Kinder haben… - jedenfalls kein Märtyrer sein! Als er sich im Bett herumwälzt, fällt sein Geschichtsbuch herunter, in dem er heute Morgen schon angefangen hat zu lernen. Er hebt es auf und hält es sich vor die Augen. Auf dem Umschlag prangt eine Arbeiterfahne. Diktatur des Proletariats. Pa! Als hätte irgendein Arbeiter hier etwas zu meinen! Kein Arbeiter und auch sonst niemand! Angewidert und auch wütend wirft er das Buch wieder aus dem Bett. Es landet unglücklich. Eine Seite ist heraus gesegelt und ein paar andere schauen nun schief aus dem irgendwie empört auf seinen gebogenen Seiten stehenden sozialistischen Schulbuch. Kinderträume vom heldenhaften Widerstand… In Wirklichkeit sind die Kinderträume leider die vom unbehelligten Leben. Für ihn ist das jedenfalls so. Er steckt schon zu tief drin. Er weiß zu viel, hat schon zu viel gesagt, zu viel riskiert. All die Diskussionen in der Schule, in denen inzwischen jeder in der Klasse seinen Standpunkt kennt. Sie wissen schon vorher, wenn er sich gleich wieder zu Wort melden wird, feixen sich zu, weil dann nicht selten die restliche Unterrichtsstunde gelaufen ist. Es macht keinen Sinn, jetzt umzukehren, lächerlich wäre das. Will er das, lächerlich sein? „Ach, schaut ihn euch an, jetzt ist er eingeknickt, wo es ernst wird, naja, ein Schaumschläger!" So hört er sie höhnen, irgendwen, es wird genug geben. Solche, die nie etwas riskieren, sind die Schlimmsten, wenn es darum geht, andere zu verdammen, die der Mut verlässt. Als hätte er die Aufgabe, für sie mit zu kämpfen. Schwachsinn! Schwachsinn alles! Mit geballten Fäusten steht er auf und haut sie gegen seinen Kleiderschrank. Dort lehnt er dann eine Weile mit dem Kopf zwischen den Fäusten. Als er sich wieder löst, von neuer Wut gepackt, streift sein Blick den Spiegel, der neben dem Schrank hängt. Er schaut sich an, die braunen Haare wirr, die Zähne aufeinander gepresst, die Brille schief. Wer sagt ihm eigentlich, dass er Pazifist ist, verdreschen möchte er sie eigentlich alle, die da oben an der Macht, den Direktor, die Lehrer – vielleicht nicht alle. Er rutscht mit dem Rücken am Schrank herunter und bleibt unten sitzen.

Beim Mittagessen ist er schweigsam. Sein Großvater fragt nur einmal:

„Musterung?"

„Ja, am Dienstag." Hans` Blicke bleiben auf seinem Teller. Die Mutter legt ihm kurz die Hand auf den Arm.

„Ach mein Hans." Die Schwester fragt:

„Musst du jetzt zur Armee?" Hans antwortet nicht. Die Großmutter sagt:

„Lass ihn, Rita."

Am Nachmittag geht er hinaus aus der Stadt, an den Obstwiesen vorbei, in Richtung Saale. Die Sonne brennt heiß auf seinen dunklen Pulli und die noch dunkelblaue, weil neue Jeans, die sein Vater aus Westberlin geschickt hat. Egal, das Brennen tut gut, es lenkt ihn für Momente von seinem inneren Brennen ab. Was ist mit seiner Familie? Wozu wären sie fähig, wenn er tut, was er sich vorgenommen hat? Was wird Rita dann noch für Chancen haben? Und die Mutter, wird sie noch verkniffener und leidender sein und mit ihrem Schicksal hadern? Als er an sie denkt, packt ihn Unmut und er reißt mit aller Kraft ein Büschel Gras mit Wurzeln aus der Erde. Ihm ist klar, dass er büßen muss, was sein Vater ihr angetan hat. Merkwürdigerweise ist er wütender auf seine Mutter als auf seinen Vater. Er weiß, dass es gemein ist, aber er will nicht mit fremder Schuld leben. Irgendwie legt er ihr auch zur Last, seinen Vater gehen lassen zu haben. Vielleicht, wenn sie anders wäre, aktiver, tatkräftiger… Schuldgefühle überkommen ihn. Er ist gemein, genau wie sein Vater. Jetzt hat sie nur noch ihn. Hans seufzt und blinzelt in die Sonne. Natürlich ist Rita auch noch da, er ist kein Einzelkind. Aber Rita ist ein Mädchen. Männer verlassen und verraten und betrügen. So ist das für die Mutter. Deshalb darf er unter keinen Umständen in dieses Raster fallen. Er fühlt sich gefesselt. Jetzt steht er am Fluss. Hier gefällt es ihm. Er setzt sich, spürt das Gras unter den Händen und schaut eine Weile um sich. Dann legt er sich hin. Summen um ihn herum. Um die Großeltern muss er sich keine Sorgen machen, das wenigstens weiß er. Zum Glück hat er sie. Einiges an Verantwortung nehmen sie ihm ab. Auf der anderen Seite wird seine Mutter im Haus ihrer Eltern nie erwachsen. Sie hat es sich alles anders vorgestellt, doch niemals würde sie sich lautstark beklagen. Es gibt nur stille Vorwürfe. Die streut sie um sich herum. Was, wenn sie wieder heiraten würde? Doch dieser Gedanke behagt ihm auch nicht. Noch ein Mann, der dann womöglich glaubt, ihm etwas vorschreiben zu können. Der Großvater tut das schon ausreichend. Hans denkt nicht, dass ihm hierin irgendetwas fehlt. Sein Vater ist außerdem ja auch noch da, wenn auch kaum noch wahrnehmbar. Bis vor drei Jahren konnte er ihn zusammen mit Rita in Westberlin noch besuchen. Damals hatte der Vater ihm zum Abschied stets Mahnungen mit auf den Weg gegeben. Das Ende war immer gleich:

„Na, hör nur schön auf deine Mutter, die wird es schon wissen." Auch das hatte ihm nicht gefallen.

Doch die Mauer jetzt gefällt ihm noch viel weniger. Er will ein eigener Mensch sein, anders als sein Vater, anders als sein Großvater, anders als dieser Staat es vorschreibt. Was soll dieses Feindbild, das hier in die Köpfe der Menschen gepflanzt werden soll? Das Land, in dem sein Vater lebt, sein Onkel, seine Cousinen, seine Patentante; dieses Land soll sein Feind sein? Wieso? War irgendjemand von denen ihm schon einmal feindlich gesinnt? Lachhaft. Er erinnert sich Zeit seines Lebens nur an Wohltaten, die von dieser Seite zu ihnen kamen: Päckchen, Geschenke, Besuche, Geschichten.

Sicher, sein Vater hat im Krieg getan, was man von ihm verlangt hat, sein Großvater sogar in beiden Kriegen. Ein hochrangiger Militär war der sogar. Doch mit solch einer Schuld möchte er persönlich nicht leben. Wie macht der Großvater das eigentlich? Er ist Pfarrer, Superintendent sogar. Hans versteht das nicht.

Er setzt sich wieder hin und schaut der Strömung zu, braun und träge, doch unaufhaltsam. Nichts bleibt wie es ist. Es liegt etwas Tröstliches in diesem Gedanken, der aus dem Fluss zu ihm spricht. Er denkt an „Siddhartha". Schon zu Abertausenden vor ihm hat der Fluss so gesprochen.

Kurz vor dem Abendessen ist er wieder zu Hause. Erschöpft lässt er sich auf sein Bett fallen und angelt nach dem Bonhoeffer. Er liest seine gekennzeichneten Lieblingsstellen. Was er dazu empfindet, weiß er nicht. In seinem Gefühl ist es seltsam still. Dann ruft die Mutter zum Abendessen.

Auch dieses verläuft weitgehend schweigsam. Mutter und Großmutter greifen gerade nach den Tellern und Tassen, um sie abzuräumen, als Hans es sagt:

„Ich werde verweigern, auch diese neue Möglichkeit mit den Bausoldaten. Die bauen ja auch nur militärische Anlagen. Ich habe schon einen Brief ans Wehrkreiskommando geschrieben." Das stimmt nicht ganz, aber er will entschieden klingen. In die Frauen kommt nun Leben.

„Was? Hans, das kannst du nicht machen." Seine Mutter schüttelt ungläubig und weinerlich den Kopf. „Du kommst ins Gefängnis, wenn du diesen Brief abschickst."

„Das musst du dir noch einmal überlegen Hans", lässt sich auch seine Großmutter vernehmen und schaut ihn eindringlich an. Dann wirft sie einen Seitenblick auf ihre Tochter und runzelt sorgenvoll ihre noch immer schöne Stirn. Die vornehm hoch gesteckte Frisur ist hellgrau geworden. Ihr helles Kleid sitzt perfekt.

Hans schaut seinen Großvater an. Der sitzt mit gedankenumwölkter Stirn auf seinem Armlehnstuhl, dem einzigen am Tisch. Als er Hans` Blick wahrnimmt, presst er die Lippen aufeinander, fegt einige imaginäre Krümel von seinem grauen Alltagsanzug und sagt:

„Hm." Dann nickt er bedächtig mit dem Kopf und sagt noch einmal: „Hm." Er blickt Hans in die Augen, und es liegt ein feines, fast unsichtbares Lächeln der Anerkennung und des Stolzes in seinem Blick. Hans ist froh. Er fühlt sich warm und lebendig unter diesem Blick.

„Du warst auch in der Armee, sogar im Krieg, Papa", richtet sich die Mutter mit Vorwurf in der Stimme an ihren Vater. Sie klingt ungewohnt deutlich. Ihr Ton passt gar nicht zu dem farblosen Kittel, den sie heute wieder trägt und den Hans nicht leiden kann. Er verschluckt ihre Persönlichkeit, dachte er schon oft, obwohl er weiß, dass es nicht nur das Kleid ist. Die Haare hat sie meist schön aufgesteckt, auch hat sie eine gute Figur und ein hübsches Gesicht. Doch ihr Gesicht und ihre gesamte Erscheinung scheinen auf seltsame Art auseinander zu fließen, so als hätten sie keine Konturen. Doch nun klingt sie plötzlich kämpferisch und wirft ihrem Vater vor, selbst in der Armee gedient zu haben.

„Ja. Ich bin nicht stolz drauf, kann ich nur sagen." Der Großvater reibt sich das Kinn. Leiser fährt er fort: „Das habt ihr vielleicht so noch nicht von mir gehört. Ich hatte Glück, in der Gefangenschaft durfte ich als Seelsorger arbeiten. Dort habe ich über vieles nachdenken müssen. Ihr wisst nicht, was ich alles … gesehen habe." Und getan habe, denkt Hans, das ist ihm nicht über die Lippen gekommen.

„Heinrich, du kannst doch nicht…", die Großmutter erhebt sich von ihrem Platz und wirft die Hände in die Luft.

„Wer möchte noch Tee? Es ist noch Tee da", unterbricht der Großvater seine Frau und schwenkt die Porzellankanne. „Es war eine andere Zeit. Jetzt haben wir 1964. Die DDR hat sich auf die Fahnen geschrieben, dass nie wieder Krieg von deutschem Boden ausgehen soll, da kann die Armee doch nicht das Nonplusultra sein. Sollten die Menschen heute nicht aufrechter gehen?"

„Trotzdem kommen totale Wehrdienstverweigerer ins Gefängnis. Jetzt haben sie ja immerhin diese Truppe, die nicht schießen muss." Die Großmutter trägt das Geschirr weg. Die Mutter sitzt am Tisch und schaut von einem zum anderen. Wie ein Kind, denkt Hans erneut mit steigendem Widerwillen. Immer muss sie geschützt und vor allem Bösen bewahrt werden. Als er in sein Zimmer gehen will, wird er prompt von seiner Großmutter im Flur aufgehalten.

„Hans, deine Mutter hat schon ihren Mann verloren."

„Wieso verloren, sie haben sich scheiden lassen." Sein Ton ist schnoddrig.

„Ja, aber du weißt vielleicht nicht, was sie durchgemacht hat."

„Großmutter, es ist aber mein Leben." Er will es weg wischen, dieses „was sie durchgemacht hat". Es ist doch nicht seine Schuld. „Warst du vielleicht dagegen, dass ich nie bei den Pionieren oder in der FDJ war, keine Jugendweihe gemacht habe? Das war für dich doch auch selbstverständlich, als Christin! Wir wollen uns nicht vereinnahmen lassen von diesem diktatorischen und wieder aggressiven System, darin waren wir uns bisher immer einig. Auch bisher habe ich schon Steine in den Weg gelegt bekommen. Die Oberschule haben sie mir verweigert."

„Ja, aber du hast deine Berufsausbildung mit Abitur machen können, nur ein Jahr länger hat das gedauert."

„Genau, und jetzt bin ich sogar noch Werkzeugmacher, nie hätte ich sonst so viel praktisches Handwerkszeug gelernt. Gut war dieser Umweg."

„Willst du diesen Umweg mit mehreren Jahren Gefängnis vergleichen? Wozu soll das gut sein? Und hast du auch mal an deine Schwester gedacht dabei?"

Hans schweigt. Es hat keinen Zweck, sie versteht es nicht. Vielleicht hat sie sogar recht, aber dennoch: Wie viele große Taten würden getan werden, wenn dabei immer Rücksicht auf Mütter und Schwestern genommen würde? Er will diese Verantwortung nicht. Es gibt größere Verantwortungen. Er spürt seine Jugend und Kraft in sich als er in sein Zimmer geht. Auf Schultern wie seinen liegt jetzt die Welt. Er kann und will nicht davor weglaufen. Im Zimmer setzt er sich an seinen Schreibtisch. Eigentlich ist es nur ein kleiner Tisch mit einer Kiste für die Schulbücher darunter, der ihm als Schreibtisch dient. Als er bereits eine halbe Stunde auf das leere vor ihm liegende Blatt Briefpapier gestarrt hat, wird er durch ein halblautes Klopfen an seiner Zimmertür in seinen trotzigen und trübsinnigen Gedanken gestört. Es ist der Großvater. Er lächelt ein wenig.

„Darf ich?", fragt er und wartet Hans` Nicken ab, ehe er den Sessel neben seinem Bett anvisiert und sich schließlich auf ihm nieder lässt. Hans kann sich noch gut an die Zeiten erinnern, in denen der Großvater weder geklopft noch gelächelt hat, wenn er in sein Zimmer gekommen ist. Er selbst ist regelmäßig zusammengeschreckt, wenn er ihn hier stehen sehen hat. Damals hat der Großvater sein Zimmer einzig zu dem Zweck betreten, ihm den Hosenboden zu versohlen, wenn ihm seine Vergehen durch die Frauen des Hauses zu Ohren gekommen sind. Irgendwann nach seiner Konfirmation hat er dann begonnen, ihn als erwachsen zu betrachten. Das hat einiges entspannt in ihrem Verhältnis.

Der Großvater nimmt den Bonhoeffer vom Tischchen und blättert darin herum.

„Er war ein mutiger Mann", sinniert er, ohne Hans anzuschauen.

„Es ging nicht anders für ihn", antwortet Hans. „Und er hatte ja auch immer Hoffnung."

„Ja, er hatte auch einflussreiche Freunde, hätte ja sogar fliehen können. Aus Rücksicht auf seine Familie tat er es aber nicht."

„Die Rücksicht auf seine Familie hinderte ihn aber nicht daran, sich dem Widerstand gegen Hitler anzuschließen und dafür eingesperrt zu werden."

„In der Tat. Und später hingerichtet zu werden. Nun, das tun sie heute wohl nicht mehr." Der Großvater streicht sich wieder das Kinn. „Trotzdem ist es nicht ungefährlich." Der Großvater blickt ihn nun an. Hans nickt. Dann fährt er fort, langsam und jedes Wort wiegend: „Hans, ich wollte dir nur sagen, dass ich deine Entscheidung respektieren und unterstützen werde, egal wie sie ausfallen mag. Ich habe damals nicht die gleiche Entscheidung getroffen wie du sie wohl vor hast zu treffen. Das heißt aber nicht, dass sie richtig war. Im Ersten Weltkrieg war ich noch ein junger Mann und dumm. Im Zweiten Weltkrieg hatte ich Angst, mich all dem entgegen zu stellen, was um mich herum geschah. Ich, nun ja, ich habe gedacht, ich könnte mir trotzdem treu bleiben, egal in welchen Zusammenhang mich das Leben stellt. Ich habe mich hoch gedient, weil ich dachte, auch damit hätte ich mehr Möglichkeiten dazu, mir treu zu bleiben. Doch ich musste lernen, dass … dem letztendlich,… im Großen und Ganzen, … nicht so war." Der Großvater redet sehr leise und legt Pausen ein, in denen er schweigt. „Niemand, der dies alles erlebt hat, spricht gern darüber. Es lebt sich leichter damit, es nicht zu tun. Doch eines Tages werden wir alle vor unserem Richter stehen. Tja." Das Gesicht des Großvaters sieht jetzt grau und eingefallen aus. Nach innen blicken seine Augen. Eine ganze Weile bleibt er so sitzen. Als er sich wieder aufrichtet, liegt auch in seiner Stimme wieder etwas mehr Klang: „Ich will nur, dass Du weißt, dass ich mich um deine Mutter, die schließlich meine Tochter ist, kümmern werde und um deine Schwester ebenfalls, solange ich dazu in der Lage bin."

„Danke Großvater." Hans fühlt sich gerührt, sogar ein wenig beklommen, doch vor allem fühlt er sich erleichtert. Er weiß nicht, ob er noch mehr sagen soll. Er umklammert die Rückenlehne seines Stuhls. Doch da steht der Großvater schon wieder auf, klopft ihm auf seinem Rückweg leicht die Wange und verlässt das Zimmer. Hans fixiert die Zimmertür. Dann dreht er sich um und beginnt seinen Brief ans Wehrkreiskommando. Er schreibt ihn in Gefühlen völliger Sicherheit. Er fühlt sich geschützt und aufgehoben - in seiner Familie, in seiner Kirche, in seinem Glauben.

-

Am Sonntag lernt er wieder. Am Montag muss er für einige Stunden Prüfungsvorbereitung in die Schule. Die Berufsschule liegt in der Nachbarstadt. In der Friedensstraße vor der Bushaltestelle wirft er den Brief doch noch nicht in den Postkasten. Er hält ihn in der Hand, doch ein merkwürdiger Gedanke kriecht seit heute Morgen wie eine giftige Schlange in ihm herauf. Tut er es womöglich für den Großvater? Ist es gar nicht seine eigene Idee, sondern lange von seinem Großvater in ihn hineingepflanzt? Will der Großvater sich mit seinem Enkel rein waschen, etwas wiedergutmachen? Ist er deshalb so verständnisvoll, weil es ihm gar nicht um ihn, Hans, sondern nur um sich und sein Seelenheil geht, für das er auch seinen Enkel ins Gefängnis werfen lassen würde? Er versucht, sich solche Gedanken zu verbieten, ist entsetzt von ihnen, doch sie wüten den ganzen Tag in ihm. Der Brief in seiner Tasche ist jeden Augenblick präsent.

Auf dem Heimweg mit dem Bus wird er von seinem Schulfreund Karl begleitet. Im Bus ist es noch heißer als draußen und stickig dazu.

„Was meinst du, gehen wir heute Nachmittag mal ins Freibad?" fragt Karl in seine Gedanken hinein. „Nur für eine Stunde! Man muss ja pauken, aber bei dem Wetter - die haben schon letzte Woche aufgemacht!"

„Hm vielleicht." Hans fällt es schwer, die Welt um sich herum noch ebenso wahrzunehmen wie vor dem Wochenende. Der Bus hält, und sie steigen aus. Ein Stückchen Weg gehen sie noch gemeinsam. Es ist gut, so neben Karl zu gehen. Die Bienen summen und sogar ein Vogel zwitschert ein mattes Lied in der Mittagshitze.

„Sag mal, was ist los mit dir? Hast du Ärger gehabt? Ist was passiert?", stößt Karl ihn leicht mit dem Ellenbogen an.

„Nee... Ja." Hans sieht seinen Freud kurz an. Karl ist wie er, besonnen und ein Tüftler. Auch mag er ähnliche Bücher, und diskutieren können sie stundenlang. „Ich muss morgen zur Musterung, und ich will total verweigern."

„Mensch Hans", Karl kratzt sich am Kopf und starrt ihn ungläubig an, „du gibst dir´s aber!" Dann senkt er etwas die Stimme und neigt sich ihm weiter zu. „So eine Armeezeit, die geht doch ´rum. Du musst doch nicht bei allem so stur sein. Die stecken dich in den Knast, und da gibt's nichts zu lachen, weißt du? Womöglich kommst du nach Schwedt in den Militärknast. Du weißt doch, man hört nicht viel, aber was man hört, ist nicht gut."

„Ja Karl, du hast ja Recht." Hans redet leise, weil Karl es tut, sonst wäre er nicht so vorsichtig. Doch Karl hat es schon oft von ihm gefordert. Kurz denkt er an das Erlebnis, auf das Karl anspielt, zurück. Es war ein sehr leise geführte Gespräch seiner Großeltern in der Küche, dem er vor Jahren einmal, mehr zufällig als beabsichtigt, gelauscht hatte. Eine Ahnung davon, dass sie das Gespräch sofort beendet hätten, hatte ihn damals davon abgehalten, um die Ecke zu ihnen zu treten. Es ging um einen Mann, der ein seelsorgerisches Gespräch bei seinem Großvater gesucht und von schlimmen Erfahrungen in einem Militärgefängnis gesprochen hatte. Das Wort Folter war gefallen. Hinter vorgehaltener Hand hatte er später seinem Freund Karl davon erzählt. „Du hast Recht", sagt er noch einmal. „Aber, weißt du, ich kann das nicht, auf andere schießen üben, die ich gar nicht kenne. Was soll das? Und ich will auch nicht die Anlagen dazu bauen. Für das Rote Kreuz würde ich arbeiten stattdessen. Ich will das denen vorschlagen. Vielleicht lassen sie sich ja darauf ein. Im Westen gibt es doch auch einen richtigen Ersatzdienst für das Militär."

„Ja im Westen, Mensch Hans, ich wünsche es dir ja, aber …" Er kickt einen Kieselstein vom Weg und schüttelt den Kopf. „Ich weiß noch sehr gut, wie du mal Flugzeugbauer werden wolltest. Das hast du dir mit deiner Sturheit, keine Jugendweihe mitzumachen, schon verunmöglicht. Jetzt willst du Theologie studieren – in Ordnung, wenn das für dich nicht nur eine Notlösung ist. Aber das jetzt - bist du dir ganz sicher, dass du das riskieren willst? Ich glaube auch nicht, dass dein Superintendentenopa in dieser Sache etwas für dich bewirken kann." Hans nickt. Dann zuckt er mit den Schultern.

„Vielleicht will mein Superintendentenopa gar nichts für mich tun, was meinen Weg ebnen könnte." Karl sieht ihn an. Hans fährt fort:

„Er hat nämlich Schuldgefühle, weil er selbst im Krieg war und dort alles mitgemacht hat. Das hätte ich gar nicht gedacht. Er hat nie groß vom Krieg geredet, aber vorgestern hat er es mir erzählt. Es setzt ihm richtig zu."

„Du meinst, Du sollst für ihn verweigern, weil er es nicht geschafft hat?"

„So ähnlich. Seit mir dieser Gedanke heute Morgen gekommen ist, bin ich mir plötzlich nicht mehr sicher." Hatte sein Großvater vergessen, was er damals von diesem Mann erfahren hatte? Hat er es selbst vergessen? Vielleicht hat er es verdrängt, denn kann etwas nur Geflüstertes und heimlich Gehörtes wirklich real sein?

„Das verstehe ich." Karl kratzt sich am Kopf. „Es ist doch sowieso Wahnsinn."

Hans zieht noch einmal seine Schultern hoch.

„Ich muss noch darüber nachdenken. Mach´s gut, ja." Karl sieht dem Freund ein paar Schritte nach.

Mein Opa erzählt auch nie vom Krieg, denkt er und biegt in den Mühlenweg ein.

-

Dann ist es Dienstag. Hans weiß, dass er nicht gut geschlafen hat. Dennoch fühlt er sich seltsam frisch. Er sieht den Brief auf seinem Schreibtisch liegen.

Gestern Abend hat er lange gelesen, später dann wach gelegen und dem Gewitter zugehört. Es war ein schweres Gewitter, trocken und sehr schnell sehr nahe. Er ist aufgestanden und hat das Fenster geschlossen, obwohl er zuerst mit dem Gedanken gespielt hat, es offen zu lassen. Doch die Blitze schossen nur so und erhellten das gesamte Zimmer. Solches Donnergetöse hätte ihn früher die Decke über den Kopf ziehen lassen. Lange hat das gedauert. Der Regen dann ist ihm wie eine Erlösung erschienen, denn seine Fluten schienen es allmählich zu vertreiben. Fluten, bestehend aus einzelnen kleinen Regentropfen - er ist ein wenig an diesem Bild hängen geblieben. Auch er fühlt sich gerade wie ein kleiner Tropfen angesichts eines übermächtigen Brandes. Wie viele Tropfen wären in Wahrheit nötig? In seinem Kopf haben sich schließlich Regen und Blitze kreuz und quer gejagt. Ab und zu hat er es noch donnern gehört und ist kurz aufgewacht, nur um gleich darauf in den nächsten Regenstrudel zu versinken.

Er lächelt. Alles gilt nach wie vor. Er tut es nicht für seinen Großvater. Er ist kein Kind mehr, und er kann unterscheiden, was wichtig und was unwichtig ist.

-

Als er sich nach dem Frühstück zum Gehen bereit macht, kommt seine Schwester in sein Zimmer. Sie war lange nicht mehr bei ihm, fällt ihm auf. Ihre Welt ist eine ganz andere, sie ist vierzehn, und aktuell sind die Beatles und Petticoats wichtig. Im Spiegel sieht er sie in seiner Tür lehnen, während er sich das Haar ordentlich angefeuchtet zur Seite kämmt. Hübsch ist sie mit ihren langen braunen Haaren und dem Stupsnäschen. Ein Kniestrumpf ist ihr heruntergerutscht – süß. Sie hat sein Lächeln nicht erwidert, also hat sie etwas auf dem Herzen. Ein letzter Blick: Kein Fleck ist zu sehen auf Hemd und Hose, Pickel leider doch einer, naja. Er schaut noch einmal genauer hin. Sieht man ihm die letzten Tage an? Seine Augen liegen vielleicht etwas tiefer und die Stirn bildet eine Falte zwischen den Augenbrauen. Doch die steht ihm sogar, findet er, sie macht ihn noch erwachsener. Geheimratsecken hat er allerdings auch bereits, die sein nicht allzu üppiges Haar zurückdrängen. Er putzt sich die silberfarbene Nickelbrille. Die Mädchen sagen, er sieht nicht übel aus - das hat ihm Rita verraten. Er schnappt sich das Jackett.

„Hans, Mutti weint." Sie dreht an ihren Haaren herum.

„Rita, jetzt geh du mir nicht auch noch auf die Nerven! Dann tröste sie eben. Ich muss jetzt gehen." Wieso muss jeder versuchen, ihn aufzuhalten bei dem, was er nun einmal tun muss?

„Ich muss auch zur Schule!"

„Dann geh zur Schule." Rita steht wie angewurzelt in seiner Tür.

„Ich rede nachher mit ihr, ja?" Hans drängt sich an Rita vorbei. Dann dreht er sich noch einmal um und zwinkert ihr zu. „Kopf hoch Rita, es wird schon alles gut werden."

„Meinst du?"

„Klar." Die Tür fällt hinter ihm ins Schloss. Woher nimmt er diese Zuversicht? Keine Ahnung, erst einmal fühlt es sich gut an, zu wissen, was er zu tun hat. Die Erde riecht frisch nach dem Gewitterregen der Nacht. Die Luft ist überklar. Hans ist aufgeregt. Die Polyklinik liegt in der Zetkinstraße. Er war noch nicht oft dort, denn der Hausarzt der Familie hat seine Praxis in der Bachstraße. Er nimmt einen Umweg an der Post vorbei und wirft seinen Brief in den Postkasten. Kurz bleibt er noch stehen, denn ihm wird auf einmal heiß. Er atmet tief ein. Ein wenig erschrocken über diese Reaktion seines Körpers schüttelt er den Kopf. Dann läuft er zügig weiter. Nun, da alles in ihm klar ist, will er die Sache hinter sich bringen.

Unversehens ist er auch schon da. In ihrem Städtchen ist nichts weit entfernt, und jeder kennt jeden. Eine hässliche Baracke ist diese Poliklinik, eben ganz modern. Ein Geruch nach Desinfektionsmittel empfängt ihn.

Es sitzen noch ein paar andere Jungen dort auf den wackeligen Wartestühlen aus weißem Metall. Er kennt sie teilweise noch aus der alten, der Polytechnischen Oberschule, einer ist sogar aus seiner ehemaligen Klasse. Hans grüßt.

„Hallo Hans, du auch hier?" Heiners aufgedunsenes Gesicht glänzt immer noch wie eine Speckschwarte.

„Grüß dich, Heiner." Hans setzt sich neben ihn, obwohl er lieber allein gewartet hätte.

„Mensch, dich kann ich mir bei der Fahne ja gar nicht so richtig vorstellen." Heiner stützt einen seiner kurzen, prallen Arme auf den Oberschenkel und mustert Hans von der Seite.

„Tja, siehst du, so geht`s mir auch." Hans lächelt ein wenig gequält in seine Richtung und schaut sich dann um. An der Wand gegenüber prangt ein großes Schmuckmosaik, ein Mähdrescher auf einem Feld mit Sonne am wolkenlosen Himmel. Hier wird die Arbeit geehrt, hier gibt es wahre Werte, sagt dieses Bild. Nachdenken ist bei uns nicht nötig, denn alles ist ja so wie es sein sollte. Daneben grinst Walter Ulbricht. Und wehe, einer tut es doch, scheint dieses Grinsen zu sagen. Darunter thront eine junge Frau mit wichtigem Gesichtsausdruck hinter der Anmeldung, als würde sie genau hier über Leben und Tod entscheiden. Links, zum Gang hin, gibt es ein schmiedeeisernes Gitter mit Äskulapschlange. Sind Gefängniszellen heutzutage eigentlich noch vergittert? Ein langer eckiger Kübel steht davor, in dem ein Gummibaum und noch andere Pflanzen verstaubt, aber unverdrossen wachsen. So viel Staub in einer Polyklinik? Die Pflanzen scheinen nicht von öffentlichem Interesse zu sein, werden von entscheidender Stelle nicht begutachtet. Sie könnten unter ihrer Staubschicht wer weiß was tun. Jetzt spinnst du, denkt Hans. Durch die großen Fensterscheiben rechts sieht er auf einen mit Gehwegplatten befestigten Hof hinaus, auf dem einige Stiefmütterchen in steinernen Blumenkübeln bemüht sind, das Ganze etwas aufzuheitern. „Tristesse mit Blümchen", so ist doch das ganze Land. Betonplatten gegen das Leben, verordneter Sonnenschein, Tarnkappen… Hans spürt, wie er von düsteren Gedanken gepackt wird. Doch er nimmt wahr, wie Heiner ihn von der Seite ansieht.

„Na, wird schon, was?" Heiner stößt ihm kameradschaftlich in die Rippen und holt ihn in die Realität zurück. „Nimm´s doch nicht so schwer."

„Hans Schöller", wird er nur einen Augenblick später aufgerufen. Wie elektrisiert steht Hans auf. In seinem Bauch verknotet sich etwas.

„Guten Tag" grüßt er in Richtung der Ärztekommission, die hinter dem langen Tisch vor der Fensterfront Platz genommen hat. Zuerst kann er niemanden erkennen, da er von der Sonne geblendet wird. Er tritt zum Tisch und legt seinen Personal- sowie seinen Impfausweis vor. Verhalten grüßen einige der Ärzte zurück. Zwei von ihnen erkennt er nun, sie arbeiten hier in der Poliklinik und sind aus dem Ort. Der etwas korpulente heißt Dr. Gebhard, der gut aussehende ist Frauenschwarm Dr. Meyer. Sie sitzen auf der rechten Seite des Militärarztes. Dr. Gebhard transpiriert bereits, obwohl es noch lange nicht Mittag ist. Ein feiner Geruch nach Schweiß, vermischt mit dem nach Desinfektionsmittel und auch den Ausdünstungen von neuem Mobiliar liegt in der Luft. Dr. Gebhard wischt sich in kurzen Abständen mit einem großen Taschentuch die Stirn. Er sieht, so in Sonnenstrahlen getaucht, etwas Mitleid erregend aus. Dr. Meyer scheint gegen Sonnenstrahlen hingegen immun zu sein. Frisch, unpersönlich und steif wie eine Schaufensterpuppe blickt er zu ihm herüber. Nicht das geringste Erkennen liegt in den Blicken der beiden bekannten Ärzte. Die anderen drei sind ihm fremd. Einem, ganz links außen, zuckt ab und zu der Mundwinkel. Er ist schon älter und wirkt, als fühle er sich nicht recht wohl und gehöre auch nicht hierher. Hans` Sympathien fliegen ihm sofort zu. Er möchte sich so gern irgendwo festhalten. Neben ihm sitzt ein großer Mittvierziger mit blondem Haar, Brille und extrem neutralem Gesichtsausdruck. Ein Militärarzt in Uniform, mit weißem Kittel darüber, thront in der Mitte des Tisches und fordert ihn auf, auf dem einzigen Stuhl vor dem Tisch Platz zu nehmen. Hans setzt sich.

„Fühlen Sie sich gesund, Herr Schöller?" Der Arzt redet genau so, wie man es von ihm erwartet: militärisch knapp, laut und mit drohendem Unterton. Sein dunkles Haar trägt er sehr kurz und zurückgekämmt; es scheint angeklebt worden zu sein. Der

Rest seines Körpers passt dazu; drahtig scheint jedes Körperteil genau zu wissen, was von ihm verlangt wird. Hans räuspert sich.

„Ja, ich fühle mich gesund. Ich möchte allerdings nicht in der Armee dienen, auch nicht bei den Bausoldaten. Ich habe bereits einen entsprechenden Brief ans Wehrkreiskommando geschrieben." Auf den Gesichtern der Ärzte ist keine Regung zu erkennen. Eisiges Schweigen schlägt ihm entgegen. Hans gibt seinem Bedürfnis, eingeschüchtert auf seinem Stuhl herum zu rutschen, nicht nach. „Ich kann es mit meinem Gewissen als Christ und Pazifist nicht vereinbaren, an Waffen zur Tötung von Menschen ausgebildet zu werden, genauso wenig wie militärische Anlagen zu diesem Zweck zu bauen. Ich würde aber gern im Rahmen des Roten Kreuzes einen Ersatzdienst leisten."

„Quatsch! So was gibt´s nicht! Bitte", er winkt Dr. Gebhard am Rand des Tisches, „machen Sie die normale Untersuchung." Dr. Gebhard lächelt, als er sich aus dem Sonnenbad entfernen darf. Hans wird nun vermessen, begutachtet und gewogen. Er muss Kniebeugen machen, einen Sehtest, wird sehr gründlich abgehört und nach seinem Lebenswandel befragt. Zwei der Ärzte beteiligen sich hierbei mit verschiedenen Aufgaben. Neben Dr. Gebhard ist es der ausdruckslose Blonde, der ihn mit untersucht. Er hat eine leise Stimme, doch manchmal, wenn er mit dem Rücken zur Kommission steht, beleben sich seine Züge und er schaut Hans kurz an. Im nächsten Moment wirkt er wieder routiniert und automatisiert. Nach einer viertel Stunde winkt der Militärarzt erneut.

„Das reicht, Sie können gehen." Als Hans die Tür erreicht hat, hört er noch einmal die schneidende Stimme: „Sie haben den Brief auch abgeschickt?" Hans dreht sich um und bejaht die Frage. Der Arzt wendet sich mit einer wegwerfenden Handbewegung von ihm ab und dem älteren Kollegen neben sich zu. Undeutlich glaubt er etwas wie „Trottel" zu verstehen. Er stolpert aus der Tür. Als er schon auf der Straße ist, fällt ihm ein, dass er seine Jacke vergessen hat. Er kehrt zurück und nimmt sie im Wartebereich von der Garderobe. Im Gehen winkt er Heiner noch einmal zu und sieht, wie drei der Ärzte aus der Kommission den Untersuchungsraum verlassen. Offensichtlich gönnen sie sich eine Pause. Hans geht. Wie lange wird er nun noch Zeit haben? Eine Woche? Einen Tag? Weniger? Ist er ein Trottel? Vielleicht ist er ein Träumer, leichtsinnig… Irgendwie ist ihm elend.

Hans ist noch nicht weit gelaufen, um das Gebäude halb herum und mit einem Fuß auf der Straße, als ihn jemand einholt und an der Schulter berührt.

„Herr Schöller, warten Sie." Es ist der blonde Arzt, der an seiner Untersuchung beteiligt war. Er sieht ein wenig angestrengt aus und schaut sich immer wieder um. Seine Stimme klingt gedämpft. „Verzeihen Sie." Ein Lächeln huscht über sein Gesicht. „Sie haben Mut. Sie treten für Ihre Überzeugung ein. So jemanden trifft man nicht jeden Tag." Hans weiß nicht, was er sagen soll, also schweigt er. Der Blonde bedeutet ihm, mitzukommen. Sie treten auf die Straße zu einer kleinen Baustelle. Da liegt ein Haufen Pflastersteine. Die Baustelle ist durch einen Haselnussbusch vor Blicken aus den Fenstern der Poliklinik geschützt. Zwischen Steinhaufen und Gebüsch ist ein wenig Platz. Hier fährt der Arzt fort:

„Ich wollte Sie noch etwas fragen, darf ich?" Hans nickt. „Gut. Ich habe mich gefragt, was genau Ihnen Ihr Pazifismus bedeutet. Es würde mich interessieren." Hans schaut den Mann überrascht und neugierig an. Irgendwie soll er hier geprüft werden. „Was würden Sie tun, wenn Ihre Frau oder Ihre Freundin angegriffen würde? Würden Sie dann zuschauen? Würden Sie weggehen? Oder würden Sie mit dem Täter eine Diskussion beginnen, während er Ihre

Frau misshandelt? Wie würden Sie reagieren?" Hans ist noch immer überrascht, auf diese Weise verfolgt worden zu sein. Allerdings wird der Arzt ihm nun sympathischer. Sein Blick hat jetzt etwas Gerades, wenn er auch jetzt noch von Vorsicht verstellt ist.

„Nein, ich würde in solch einem Fall nicht passiv bleiben", versucht sich Hans ihm zögernd zu erklären. „Ich würde nach meinen Möglichkeiten handeln, wenn nötig auch mit Gewalt. Das wäre schließlich eine konkrete Bedrohung, die Sie beschreiben. Ich möchte aber nicht ein Befehlsempfänger in einer anonymen Armee sein und damit verpflichtet, auf Anordnung des Staates zu töten." Der Blonde zieht ein wenig die Augenbrauen in die Höhe und nickt. Dann schaut er Hans eindringlich an.

„Machen Sie sich keine Sorgen Herr Schöller. Sie werden keinen Einberufungsbefehl bekommen. Alles Gute!" Der Arzt lächelt, klopft ihm leicht auf den Oberarm und ist auch schon wieder auf dem Gehweg und schließlich um die Hausecke verschwunden. Ein Windzug fegt heran und trägt einen blumigen Duft mit sich.

Hans weiß nicht, wie ihm geschehen ist. Hat er gerade geträumt? Er schüttelt den Kopf. Kann es wirklich sein, dass dieser Arzt die Möglichkeit hat, etwas für einen Jungen wie ihn zu tun? Der verantwortliche Militärarzt ist ihm schließlich nicht gerade gewogen gewesen. Dennoch fliegt er nun fast nach Hause.

-

Beim Abendessen erzählt Hans der Familie von seinem Erlebnis.

„Das wäre wie ein Wunder", sagt seine Mutter voller Hoffnung. Der Großvater nickt.

„Wir wollen darüber nicht nach außen sprechen. Noch wissen wir nichts, außer dass wir Grund zur Hoffnung haben. Solche Dinge sind wirklich gefährlich." Er sieht Rita eindringlich an. „Kein Wort davon zu irgendwelchen Freundinnen, ja? Wir müssen jetzt abwarten und Geduld haben." Er wartet, bis Rita schüchtern nickt. Die Großmutter unterstützt ihren Mann:

„Besonders auch deine Zukunft hängt davon ab, Rita. Wenn wir mehr wissen, beraten wir neu, wie wir damit umgehen." Bevor sie sich vom Tisch erheben, tauschen sie verschmitzt verschwörerische Blicke miteinander.

-

Die Tage reihen sich langsam aneinander. Zweimal geht Hans mit Karl nachmittags ins Schwimmbad. Er erzählt ihm, dass es in der Untersuchung eventuell eine Auffälligkeit gegeben hat. Genaueres würde er noch erfahren. Karl freut sich für ihn.

„Mensch, das wäre auf eine Art doch großartig! - Oder?" fügt er etwas verunsichert hinzu.

„Klar wäre es das, ich meine, ich fühle mich ja nicht krank."

-

Eine knappe Woche später kommt Hans eines Tages erst spät nach Hause. Die Großmutter hat einen Brief für ihn auf dem Tischchen im Flur liegen lassen. Er ist vom Wehrkreiskommando. Aufgeregt reißt er ihn auf und versucht dem, was er da zusammenbuchstabiert, einen Sinn abzugewinnen: Er ist ausgemustert, wegen seines schweren Sehfehlers. Für einen Moment fühlt es sich an, als sei die Welt stehen geblieben. Hans spürt, wie sich seine Mundwinkel nach oben biegen. Laut entfährt ihm ein Lachen.

 Nach dem Abendessen geht der Brief in der Familie von Hand zu Hand. Jeder liest ihn mit ungläubigem Erstaunen. Amüsiert hält Hans seine Brille in die Höhe.

„-2,0 und -2.3 Dioptrien, da schießt man sowieso daneben, was?" Alle stimmen in sein Lachen ein.

„Wie hieß der Arzt noch einmal, der dir hinterher gegangen ist? Du musst dich bei ihm bedanken." Seine Mutter sieht hübsch und jung aus heute Abend. Das geblümte Kleid steht ihr und ihre Bewegungen sind frisch und lebhaft. Das ist sie auch, denkt er.

„Er hat seinen Namen nicht genannt." Darüber hat Hans vorher noch gar nicht nachgedacht.

„Na, ich glaube, der will auch nicht zurückverfolgt werden können, wäre doch viel zu gefährlich für ihn." Der Großvater nimmt das Schreiben zum zweiten Mal zur Hand. Anschließend geht er selbst in den Keller und holt eine Flasche Wein herauf. „Hier Kinder, darauf stoßen wir an". Noch lange sitzen sie heute zusammen.

-

Später, als Hans in sein Zimmer tritt, ist ihm immer noch, als gehe er wie auf Watte. Er muss noch einmal hinaus. Mit großen Schritten läuft er los. An keinen Stein stößt sein Fuß. Fast getragen fühlt er sich. Als er die Nase hochzieht, stellt er fest, dass er wieder etwas angespannt ist und sogar ein wenig zittert. Dann steht er vor der Poliklinik. Die Fenster des Untersuchungsraumes kann er nicht sehen, die befinden sich auf der anderen Seite des Gebäudes. Was will ich hier, fragt er sich. Er steht jetzt genau an der Stelle, an der ihn der fremde Arzt eingeholt hat. Schließlich läuft er langsam wieder nach Hause. Auf halbem Weg fällt ihm etwas ein, das seine Schritte noch langsamer werden lässt.

Vor dem Haus sieht er Licht im Arbeitszimmer des Großvaters. Er findet ihn dort hinter seinem Schreibtisch in einem Buch lesend.

„Großvater, kann ich dich sprechen?" Hans liebt den besonderen Geruch nach Büchern hier im Arbeitszimmer. Er bedeutet ihm Heimat. Ernsthaftigkeit, Wissen und Respekt strömt er für ihn aus. Die dunklen Eichenholzmöbel mit den Eulen darauf passen dazu.

„Natürlich, mein Junge." Der Großvater klappt das Buch zu und wechselt die Brille. „Du bist noch draußen gewesen?"

„Ja", Hans streicht sich die Haare aus dem Gesicht und lässt sich auf einen der schweren Besuchersessel fallen. Mattigkeit überkommt ihn nun. Für einen Moment sieht er sich schon gemütlich im Bett liegen, mit Gartenluft in der Nase und am Morgen von Lichtreflexen beschienen. Die gibt es manchmal, wenn sich die Sonne im Fenster des kleinen Hauses hinter dem Garten spiegelt. Doch dann umwölkt sich sein Blick wieder. Es gibt da auch noch Sorgen.

„Kann es nicht sein, dass „die" trotz der Ausmusterung auf meine Wehrdienstverweigerung noch reagieren?" Der Großvater nimmt sein Buch in die Hand und räumt es zur Seite. Dann legt er seine Hände flach auf die mit Leder bezogene Schreibfläche.

„Genau darüber habe ich auch gerade nachgedacht, Hans."

„Ich dachte, du hast gelesen."

„Ich wollte, doch ich weiß nicht mehr, was ich gelesen habe. Diese Sorge ist berechtigt."

„Vielleicht nützt es mir nun gar nichts, dass ich ausgemustert bin. Und auch Rita nicht", fügt er leiser hinzu. Hans ist bekümmert. Ihm ist, als sei er gerade aus den Wolken gefallen und unsanft gelandet.

„Wir werden abwarten müssen. Letztendlich - ist die Gefahr noch nicht vorüber." Er reibt sich das Kinn, und seine Augen blicken trübe.

„Zu früh gefeiert," sagt Hans zur Zimmerdecke. Der Großvater nickt, traurig.

„Außerdem ist da noch etwas", fährt Hans fort. Der Großvater blickt ihn fast erschrocken an.

„Der Arzt muss doch selbst nun Angst haben, dass seine Lüge herauskommt."

Der Großvater sagt nichts. Er denkt nach, putzt seine Brille und blickt dann ins Leere. Hans schaut ihn an. Wie alt er geworden ist, denkt er. Früher war er streng, verlässlich immer, auch ein Schalk, aber eben sehr streng. Doch nun ist da auch etwas Weiches. Das muss irgendwann dazugekommen sein. Früher ist es ihm jedenfalls nicht aufgefallen. Plötzlich nimmt er wahr, wie im linken Auge des Großvaters eine Träne entsteht. Er hat Angst um mich oder um uns gehabt, und hat sie noch immer, denkt Hans und wundert sich, dass er überrascht ist. Der Großvater sieht ihn jetzt an und schämt sich nicht. Er wischt die Träne nicht fort. Er lächelt, schüttelt den Kopf und lässt sie fast herunter kullern, bevor er sie dann doch noch im Taschentuch verschwinden lässt.

„Ja. Für manche Menschen ist es aber wichtig, das Richtige zu tun, egal unter welchen Bedingungen." Er macht eine Pause, in der er vielleicht nach Worten sucht. „Ich freue mich", knarrt seine Stimme nun ein wenig belegt, „über deine Entscheidung, Pfarrer zu werden, Hans. Ich weiß, du wirst es gut machen."

Großvater und Enkel schauen sich in die Augen und lächeln. Sie sprechen nicht mehr. Alles ist gesagt. Doch sie stehen auch noch nicht auf. Ein besonderer

Moment, denkt Hans. Irgendwann wird jedem Fährmann das Ruder zu schwer und er möchte es übergeben.

Dann gähnt er herzhaft. Er sieht Heiner in der Polyklinik vor sich, als er sagt:

„Na, wird schon." Der Großvater lacht.

-

In den folgenden Wochen und Monaten denkt Hans zuerst häufig, dann immer seltener an seine Wehrdienstverweigerung. Kurz vor Beginn seines Studiums stirbt der Großvater, völlig unerwartet. Das ist nicht leicht. Er fühlt sich vaterlos.

Doch Hans lernt neue Menschen kennen. Irgendwann dann ist Elisabeth bei ihm. Er kennt sie aus der Jungen Gemeindegruppe, die sie, frisch ausgebildet, geleitet hat. Gefunkt hat es beim Theologenball zwischen ihnen.

Sie haben beide nicht viel Geld. Wenn sie reisen, dann trampen sie. Heute sind sie unterwegs nach Prag, mitten im Sommer 1968. Es ist ein Offizier in Uniform, der anhält und sie in seinem Wartburg mitnimmt. Das konnten sie nicht wissen, als sie den Daumen in den Wind gehalten haben. Mitten in der lockeren und auch scherzhaften Unterhaltung, fragt der Offizier:

„Na, und wo haben Sie gedient Herr Theologiestudent?"

„Gar nicht, ich bin ausgemustert worden, wegen meines Sehfehlers." Hans versucht zu lächeln.

„Bausoldat, was?" fragt der Offizier. Der Tonfall ist ein wenig abfällig geworden.

„Nein, bei den Bausoldaten war ich nicht." Hans bemüht sich, nicht provozierend zu klingen.

„Was?" Der Offizier beäugt Hans durch den Rückspiegel und schüttelt ungläubig seinen Kopf. „Das kann ja wohl nicht wahr sein. Dem muss ich nachgehen. Wie ist Ihr Name?" Die fröhliche Unterhaltung ist beendet, und als beide aussteigen, umweht es sie kühl.

„Sie werden noch von mir hören", hat er angekündigt, drohend.

„Ich habe Angst", sagt Elisabeth als sie dem dunkelgrünen Auto hinterher sehen. „Hättest du nicht einen falschen Namen sagen können?" Hans schweigt. Er schwingt sich die Reisetasche über die Schultern und legt seinen Arm um Elisabeth, während sie weitergehen. Nach einer Weile dreht er seinen Kopf in ihre Richtung und lächelt:

„Ich glaube, ich habe einen Schutzengel." Elisabeth verzieht den Mund.

„Sonst bist du gar nicht so... leichtgläubig." Hans zuckt mit den Schultern.

-

Drei Jahre später ziehen sie gemeinsam in ihre erste Pfarrstelle auf dem Land. Sie haben noch nicht viele Möbel, doch bereits eine Tochter. Es gibt viele Zimmer im Haus, zum Hof gehörige Viehställe und um das Anwesen herum sechs verwilderte Blumen-, Obst- und Gemüsegärten.

Es ist der zweite Nachmittag im neuen Haus, und sie sitzen auf ihren Küchenstühlen im Garten. Dieser Frühsommertag ist zum Genießen gemacht. Ein kleines Tischchen aus dem Wohnzimmer steht mit ihren Kaffeetassen und einem Teller voll mit mindestens vier Kuchensorten zwischen ihnen. Er ist vorhin von der Nachbarin gebracht worden. Sie hat einen guten Einzug gewünscht und auch noch einen kleinen Korb mit frischen Eiern dazugestellt. Das Kind spielt im Gras mit Löwenzahnblüten. Ab und zu kommt es zum Tisch und verlangt nach „Kuch". Elisabeth lässt zum wiederholten Male ihren Blick im Garten schweifen. Es gibt allerlei schöne Blumenstauden. Es ist zu erkennen, wo ursprünglich

Blumenbeete waren. Doch der Garten gleicht einer Wildnis.

„Wie sollen wir das hier alles schaffen?" fragt Elisabeth. „Es ist alles so groß und viel."

„Ja", murmelt Hans etwas müde und blinzelt in die Sonne. Doch dann nimmt er sich ein zweites Stück vom Kuchen und schaut sich ebenfalls um. „Es wirkt ein bisschen bedrohlich."

Sie schweigen und schlürfen aus ihren Kaffeetassen. Es ist guter Kaffee aus Westdeutschland, den Elisabeths Mutter Anna ihnen neulich mitgegeben hat. Sie bekommt ihn oft von ihren Schwestern im Westen geschickt. Die Tauben der Nachbarn gurren und ein Hund auf der Dorfstraße bellt. Das Töchterchen kräht vergnügt über einen Schmetterling auf einer Blüte in ihrer Hand. Sie freuen sich mit ihr. Dann sucht Hans Elisabeths Blick.

„Es gab aber auch schon andere Bedrohungen in unserem Leben bisher."

„Ja, das ist wahr." Elisabeth erwidert seinen Blick und lächelt:

„Du hast einmal gesagt, du hättest einen Schutzengel. Und wirklich haben wir nie wieder etwas wegen deiner Verweigerung oder von diesem Offizier

beim Trampen gehört. Oh Mann, weißt du noch?"
Hans nickt.

„Schon damals, als ich ausgemustert wurde, hat meine Mutter gesagt, das sei wie ein Wunder. Sie hatte recht."

„Ja, irgendwie schon." Das Kind hat sich erhoben und steuert wieder auf den Kuchenteller zu. „Vielleicht erlebe ich mit dir ja noch so manches Wunder." Sie lacht, und Hans stimmt ein. Er legt seine Hand auf den Tisch, nach der ihren verlangend.

„Du hast doch so einen erwartet oder etwa nicht? Bist doch selbst mit Wundern aufgewachsen." Noch einmal lacht sie auf.

„Du meinst, weil meine Mutter von der Rückkehr meines Vaters aus Sibirien geträumt hat?" Hans nickt.

„Hat mich schwer beeindruckt. Damals haben sie dich Lotte gerufen, nicht wahr?" Elisabeth lächelt, unergründlich. Hans ist glücklich. Doch dann ist es ihm durchaus ernst, als er sagt:

„Ich glaube, dass wir versuchen sollen, als Christen nach unserem Gewissen zu handeln, mit Liebe und überlegt, doch ohne zu viel Angst. Letztendlich sind wir doch nicht allein. Bis jetzt konnte mich auch das

Leben nicht vom Gegenteil überzeugen." Bevor er seine Hand nun wegzieht, legt sie ihre schnell hinein.

„Das hört sich schön an. Ich hoffe, dass wir niemals Gründe genug haben werden, anders zu denken."

Über Ungarn weg

Dies ist eine wahre Geschichte. Die Namen aller Personen sind geändert.

Ungarn im August 1989

Ich war noch ein Kind, als mich dieser Traum wieder und wieder besuchte: In der schmalen Spalte zwischen dem Kleiderschrank meiner Mutter und der Wand, direkt hinter dem Wäschekorb, führte eine kleine versteckte Treppe tief hinab in einen dunklen Gang. Er zog mich an wie ein Magnet. Ich folgte ihm mit Abenteuerlust, doch auch mit Angst. Immer wenn ich mir endgültig sicher war, mich verlaufen zu haben oder entdeckt zu werden, öffnete sich der Gang plötzlich in einen Ausgang. Ich trat auf einen fremden Marktplatz hinaus. Er war fremd, weil ich ihn nicht kannte, aber er war auch noch auf andere Weise fremd: Alles hier war sauber, hell und heiter. Warum das so war, wusste ich sofort: Ich war im Westen.

-

1989 war ich 20, Robert acht Jahre älter. Als wir in diesem Sommer in unseren Ungarnurlaub aufbrachen, war es anders als die beiden Jahre zuvor.

Wir saßen auf dem gleichen Motorrad, wobei ich den Luxus unseres Seitenwagens genoss. Immerhin waren wir ungefähr zwanzig Stunden unterwegs. Die Koffer hatten wir rundherum geschnallt, und ganz oben leuchtete die Waschschüssel orange. Die weiß lackierte Holzkiste für die wichtigsten Lebensmittel war in diesem Jahr dazu gekommen, Robert hatte sie selbst gebaut. Die ungarischen Supermärkte waren teuer. Wieder waren wir bestens ausgerüstet. Doch in diesem Jahr loszufahren, fühlte sich anders an.

Gemächlich tuckerten wir die Dorfstraße hinauf und ich sah mich den Dorfbewohnern zuwinken, als täte ich es zum letzten Mal. Etwas wunderlich, dachte ich kurz, doch dann lächelte ich. Ich wusste, was los war: Ich war nun ein Vogel. Die Motorradkleidung tarnte mich nur. Zwar war ich noch nie geflogen, doch ich wusste, dass ich es konnte. Ich wusste, dass ich es wollte. Sobald sich eine Gelegenheit dazu ergäbe, würde ich es tun.

Doch das waren nur Hirngespinste. Es war ganz klar, dass wir nicht abhauen würden, wie laut Tagesschau andere nun schon seit Wochen. Ich hatte diese Möglichkeit angesprochen, Robert hatte kategorisch abgelehnt. Er wollte nicht weg. Dennoch rumorte dieses seltsame und aufregende Endzeitgefühl in mir. Ich hatte es schon die ganze Zeit, seitdem wir das Visum für Ungarn beantragt hatten. Vorsorglich hatten wir das bei der neuen Frau von Roberts Vater getan, die im Amt für die Visavergabe zuständig war. Es hatte geklappt.

Wie auch in den Jahren zuvor, schienen sich die Menschen, an denen wir in unserer abenteuerlichen Ausrüstung vorüberfuhren, mit uns zu freuen. Sie zeigten auf uns und winkten uns zu. Wie immer, fuhr Robert die Nacht durch. Diese Strapaze war für ihn Teil des Abenteuers. Wenn ich im Seitenwagen einschlief, fuhr die Nachtluft mir ins Visier, riss es hoch und meinen Kopf in den Nacken. Doch ins erste Morgenrot und in die gerade aufgehende Sonne hineinzufahren und zu spüren, wie der kühle Fahrtwind der Nacht sich langsam erwärmte, das mochte auch ich.

An der Grenze zur Tschechoslowakei tat ich extrem müde und auch ein wenig quengelig, wie ein Kind eben. Robert schenkte den Grenzern gekonnt ein kurzes, doch ebenfalls sehr naives Lächeln. Wir wurden nicht gefilzt. Nur einmal hatte diese Taktik versagt. Das war sehr ärgerlich gewesen. Alles hatten wir anschließend neu packen müssen. Doch gefunden hatten sie nichts, denn es war auf der Heimfahrt gewesen. Auch heute hatten wir in Zahnpastatube und Motorradlenker jeweils 20 DM versteckt. Sie würden uns in Ungarn das Leben ab und zu vereinfachen und waren ein Geschenk meiner Eltern. DM waren in der DDR auch offiziell gern gesehen, sie aus dem Land jedoch wieder auszuführen, war verboten.

-

Auf dem Zeltplatz in Balatonalmadi erkannten uns die ungarischen Inhaber schon als wir von der unbefestigten Strasse, die den Berg hinauf führte, in ihr Einfahrtstor einbogen und lachten uns entgegen. Es war unser dritter Urlaubssommer hier, und die Zahl der Gäste war immer überschaubar. Die meisten kamen aus der DDR. Es gab aber auch Polen, Tschechoslowaken und Ungarn. An westeuropäische Camper kann ich mich nicht erinnern. Der Zeltplatz lag etwas versteckt und nicht am See.

Das Motorrad war bereits ausgeladen und unser Stellplatz gewählt. Ein riesiger Haufen Campingausrüstung lag neben mir im Gras. Ich streckte mich, übermüdet, doch unsagbar wohlig. Endlich waren wir wieder da! Hier war es immer richtig Sommer.

Im letzten Jahr hatten wir mit nur einem Jahr Anmeldezeit überraschend und kurz vor dem Urlaub einen Zeltplatz an der Ostsee bekommen. Nach einer Woche Dauerregen dort jedoch hatte Robert unser Ungarnvisum heraus gekramt, es mir unter die Nase gehalten und gesagt:

„Jetzt fahren wir doch wieder nach Ungarn. Hier ist es mit zu kalt."

Die Zikaden zirpten in der Hitze. Durch die schöne Lage des Zeltplatzes auf einem Weinberg genossen wir trotzdem oft einen kleinen, lauen Wind voller Sommerduft. Ich sah mich um. Alles war noch so wie im letzten Jahr und wie im Jahr zuvor. Zentral, jedoch nach hinten an den Weinhang gerückt, stand das doppelstöckige, weiß getünchte alte Weinberghaus der Besitzer. Es sah mit Sicherheit von außen größer aus als es von innen sein konnte. Von unten, zu ebener Erde, ging es nur in den Weinkeller und in den davor gelegenen, doch ebenfalls schon etwas kühleren, Abstellkeller, den auch die Camper zur Aufbewahrung von Essen benutzen durften. Hier roch es nach feuchter Erde und säuerlich nach Wein. Ich mochte diesen Geruch. Er war unverwechselbar, von nirgendwo anders her kannte ich ihn. Die zahlreiche Verwandtschaft der Besitzer gelangte über eine von einem kleinen Baum verdeckte Treppe in den oberen Teil des Hauses. Doch auch das Leben der Ungarn hier spielte sich, zumindest abends, vor dem Haus ab.

Kinderlachen aus dem kleinen Pool drang an mein Ohr. Ich lächelte.

In der Mitte des Zeltplatzes residierte ein mächtiger Baum auf dem gleichen mittleren Plateau wie das Haus. Unter ihm quietschte die Hollywoodschaukel leise im Wind. Doch der sommerliche Duft dieses Windes war es nicht allein, der mich erfüllte. Seit dem Passieren der ungarischen Grenze hatte sich mein wunderbar aufgeregtes Gefühl entschieden verstärkt. Wir waren nun hier, mitten im Geschehen, das alle westlichen Nachrichtenkanäle dominierte. Die Jugend der DDR floh über Ungarns grüne Grenze in den Westen. Ich war jung, und ich hatte Sehnsucht nach Leben und nach Freiheit.

Robert stand neben mir und schaute gut gelaunt in Richtung Plattensee. Er schien ebenfalls Gedanken nachzuhängen. Er sah jedoch gelassen und zufrieden dabei aus. Dann erwiderte er meinen Blick:

„Komm Gabriele, lass uns das Zelt aufbauen, ich will heute noch ins Wasser." Unsere Zeltnachbarn, rechts neben uns, hießen Sabine und Lothar und kamen aus Sömmerda. Wir hatten vorhin bereits ein wenig geplaudert. Sabine packte nun die Badesachen zusammen. Lothar cremte sich seinen rundlichen Bauch mit Sonnenmilch ein. Ein leutseliges Lächeln breitete sich auf seinem Gesicht aus.

„Na und, wollt ihr dann noch weiter?", fragte er. „Oder seid ihr nur zum Baden gekommen?" Ich erwiderte sein Lächeln, spürte jedoch Vorsicht in mir. Ich kannte ihn nicht und meine Gefühle waren schließlich verbotene.

„Ja, eigentlich wollen wir nur baden und Urlaub machen, und ihr?" Ich setzte mich, denn das Aufblasen der Luftmatratzen lag nun vor mir.

„Auch. Wir haben ja unsere Kinder und das Haus. Die Kinder sind zwar schon erwachsen, aber trotzdem. Nee, dafür sind wir nicht mehr jung genug." Er lief ins Zelt und kam gleich darauf wieder hinaus. „Hier, wir haben eine Fußpumpe, geht leichter."

„Danke." Ich fing sie auf. Sabine war jetzt fertig mit dem Packen. Sie strich sich den weißen Minirock glatt, der ihre sorgsam erworbene Urlaubsbräune präsentierte, und trat zu uns.

„Es ist schon verrückt,", sie schüttelte ihre blondierten Locken, „dieses Jahr sind hier alle Brüder auf dem Zeltplatz. Es wird von nichts anderem gesprochen. Jeder überlegt. Steffen und Katrin neben euch auch, aber die wollen wohl einen Ausreiseantrag stellen, haben ja auch noch kleinere Kinder."

„Morgens tauschen wir immer die Zeitungen aus." Lothar nahm zwei Zeitungen vom Campingtisch.

„Mit denen sind wir heute schon durch. Könnt Ihr erstmal haben." Er drückte uns die „Frankfurter Allgemeine" und die „Bild" in die Hand.

„Steffen und Katrin haben heute die „Süddeutsche" gekauft", rief uns Sabine noch im Gehen zu. „Die könnt ihr bestimmt heute Abend lesen."

„Danke, bis dann." Staunend blickten wir den beiden hinterher. Doch ich spürte auch Erleichterung. Offensichtlich teilte ich mein inneres Tohuwabohu hier mit vielen.

„Na, hier ist ja was los", hörte ich Robert murmeln.

Die folgenden Tage verbrachten wir äußerlich wie immer. Wir gingen baden, fuhren nach Siófok auf den Pullovermarkt und kauften Schallplatten. Wir nahmen die Fähre nach Tihany und gingen abends aus. Doch mit jedem Tag wurde ich unruhiger. Ich dachte beinahe jede Minute an die Möglichkeit einer Flucht. Ich malte mir aus, wie unser Leben in Westdeutschland weiterginge, wie wir eine Wohnung einrichten würden, wie wir durch bunte, intakt restaurierte Altstädte spazierten, wie wir im Supermarkt einkauften. Sahnejoghurt von Zott, hier blieb ich öfter hängen, jeden Tag würde ich einen essen. Als Kind auf größeren Familienfesten, wenn auch der Cousin meiner Mutter mit seinem VW-Bus anreiste und stets mehrere Paletten dieser Köstlichkeit auslud, aß ich kaum etwas anderes. Auch träumte ich mich in die Gelassenheit derer, die alle Möglichkeiten hatten. Im Westen würden wir Pläne schmieden, die wir in die Tat umsetzen könnten, wenn wir wollten. Vielleicht würde ich dann doch noch studieren, vielleicht würden wir nächstes Jahr nach Griechenland in den Urlaub fahren. Mit Sicherheit würden wir Rockkonzerte besuchen, vielleicht mal `Supertramp´ sehen oder `Yes´.

Ab und zu sprach ich mit Robert von meinen Gedanken. Doch er sah mich selten an dabei. Eines Abends sagte Steffen bei einem gemeinsamen Glas Wein zu uns:

„Ich verstehe euch nicht. Ihr habt kein Haus, ihr habt keine Kinder. An eurer Stelle wären wir schon längst weg." Robert suchte meinen Blick, doch er schwieg.

Später im Zelt tanzten die Schatten der Baumwipfel zum Zirpen der Zikaden. Die Hitze des Tages war einer die Haut beruhigenden Kühle gewichen. Wie anders war es, wenn man immer und immer frische Luft atmen konnte, nie von Wänden abgeschirmt. Wie viel mehr war es dann Sommer. Das dachte ich hier oft. Dann fing ich leise wieder davon an:

„Robert, was ist, wenn sie uns nun zum letzten Mal

nach Ungarn gelassen haben? Die Gerüchte gibt es bestimmt nicht umsonst. Und immer dieses versteckte Leben…"

„Ich mache mir ja auch die ganze Zeit Gedanken", hörte ich Robert raunen. „Aber ich habe auch Angst, wegen meiner Stasivergangenheit. Zuerst kündige ich denen, was sonst keiner tut, und dann haue ich auch noch ab. Was meinst du, was die mit solchen `Verrätern´ machen, egal wo sie dann sind?" Er verzog sein Gesicht und drehte sich weg.

„Wieso, meinst du, die kümmern sich noch um dich, wenn wir einmal im Westen sind?"

„Ha, allerdings! Soviel weiß ich. Da überfährt dich eben plötzlich zufällig mal ein Auto."

„Aber du hast bloß Kabel verlegt."

„Ja schon, ich war aber in diesem Verein." Ich lag ganz still. Dann hatte ich das Gefühl, keine Luft mehr zu bekommen. Ich setzte mich auf. Als ich zu sprechen begann, rollte er sich wieder auf den Rücken:

„Mensch, ich kapier das nicht. Jetzt bin ich hier. Jetzt gibt es diese Chance und wir fahren zurück nach Hause, in den Knast. Da wollte ich immer raus, immer, schon als Kind! In Berlin auf dem Fernsehturm habe ich zuerst immer die Mauer gesucht - um drüber zu gucken. Die haben mir die Oberschule verwehrt! Überall diese Angst! In der Zeitung, im Fernsehen nur Mist und dummes Gelaber! Und jetzt - haben sie einfach die Wahl gefälscht!"

„Fuchtel nicht so herum! Leg dich wieder hin und reg dich ab." Roberts Stimme klang matt. Ich starrte ihn an:

„Ich will mich nicht abregen! Weißt du noch, wie toll das war vor zwei Monaten, als wir da zusammen mit den anderen in der Schlange vor den Wahlkabinen standen, voller Hoffnung? Zum ersten Mal haben sich die Leute dort hinein getraut und alles mit Nein angekreuzt! Wir waren dabei! Wahrscheinlich sind die Kabinen an diesem Tag zum ersten Mal benutzt worden. Und dann verkündet Egon Krenz, der Arsch: `98,85 % Ja-Stimmen´. Ich will noch die ganze Welt sehen! Wie soll ich das machen?"

„Ich weiß." Robert fixierte die Zeltplane über uns. Dann sah er kurz in meine Richtung. „Aber was ist mit deiner Ausbildung jetzt? Die macht dir doch Spaß. Und deine Eltern siehst du dann auch vielleicht nie wieder. Die machen doch was sie wollen."
Für eine Weile hörten wir den Zikaden zu. Dann ging ein Ruck durch ihn und er sah mich, auf seinen Arm gestützt, direkt an:

„Außerdem, wer sagt mir, dass ich Arbeit finde da drüben? Und dann, denk daran, was die Saalfelder neulich erzählt haben…" Die Saalfelder waren ein weiteres Paar auf dem Zeltplatz, mit dem wir Kontakt hatten. Sie hatten Westdeutsche kennen gelernt und sich schon öfter mit ihnen getroffen. Von diesen Bekannten hatten sie eine Menge Geschichten gehört und uns erzählt. „Da kann dir, wenn du in der Disco schön dein Bier trinkst, einfach mal jemand ein Rauschgift in dein Glas kippen. Da gibt es Sachen, an die denkst du gar nicht."

„Okay, aber was ist mit den Sachen bei uns, an die du normalerweise gar nicht denken würdest, weil sie so absurd sind?"

„Die kenne ich." Robert ließ sich wieder auf den Rücken fallen und spielte mit der Taschenlampe, die über uns hing. Doch so einfach gab ich nicht auf:

„Warum solltest du keine Arbeit kriegen? Du hast eine gute Ausbildung." Dennoch dachte ich nicht zum ersten Mal darüber nach, was es für mich bedeuten könnte, mindestens die nächsten fünf Jahre auf meine Eltern zu verzichten. Es gab da so ein Gesetz. Die Tochter unserer Nachbarn zu Hause, die vor vielen Jahren gemeinsam mit ihrem gesamten Arbeitskollegium durch die Donau geschwommen war, hatte nach fünf Jahren zum ersten Mal wieder nach Hause gedurft. Ich war jetzt zwanzig. War ich für diesen Verzicht bereit?

„Was ist, wenn wir in zwei Jahren, wenn du mit der Ausbildung fertig bist, einen Ausreiseantrag stellen?"

Das hörte ich zum ersten Mal von Robert. Viel hatte sich bei ihm getan. Als ich ihn kennengelernt hatte, gestand er mir nach zwei Wochen, im technischen Bereich bei der Stasi zu arbeiten. Als er mein Entsetzen sah, fügte er gleich hinzu, er habe selbst schon öfter daran gezweifelt, damit die richtige Entscheidung für sein Leben getroffen zu haben. Tatsächlich hatte er anschließend sehr schnell dort gekündigt. Zur Strafe wurde er auch aus der Partei ausgeschlossen. Zumindest in seiner Art und Weise war ihm dieser Ausschluss nahe gegangen. Die ihn plötzlich ächteten, waren gestern noch seine Kollegen gewesen. Auch seine enge Freundschaft zu einem seiner Kollegen endete an diesem Tag. Robert machte sich keine Illusionen darüber, ob es Bert möglich war, weiterhin den Kontakt zu ihm zu halten.

Ein knappes Jahr später hatte Robert sich taufen lassen. Meine Familie war zu seiner geworden. Es war eine Pfarrfamilie. Er behauptete, mit der Stasi nichts mehr zu tun zu haben. Mein Vater zweifelte mir gegenüber immer wieder einmal daran, dass „die" jemanden wirklich gehen lassen würden. Jedes Mal war ich dann sauer gewesen. Einige Jahre später erst sollte ich erfahren, dass es damals tatsächlich für Robert nur ein Wunschtraum war, seine Verbindungen dorthin gekappt zu haben. Als IM bekam er gelegentlich Aufträge oder wurde nach Informationen gefragt. Es war eine Qual für ihn, Wege zu finden, etwas zu sagen und dies doch nicht wirklich zu tun.

Nun aber überlegte er offensichtlich doch, mit dem „System" gänzlich zu brechen. „System", „Zone", „Dunkeldeutschland", hallte es in mir. Wenn wir sauer waren auf unseren Wohltätigkeitsstaat, spuckten wir solche Ausdrücke gern vor uns hin, bevor wir den Ort unseres Unmutes verließen. Das konnte ein Geschäft sein, in dem die neueste Lizenz-LP gerade vor uns in der Schlange ausverkauft war oder ein hübscher Platz in der Stadt, der mit riesigen Parole-Bannern verschandelt war, die das Auge auf einem Spaziergang schlicht ärgerten. Es konnte auch in einer kirchlichen Veranstaltung eines bekannten kritischen Künstlers passieren, in der Robert mir nach einem einzigen Blick nach hinten zuraunte, dass dort die Firma "Horch und Guck" nahezu komplette Reihen belegte. In diesem letzten Fall spuckten wir die Schimpfwörter nur leise und nach vorn. Es waren die kleinen ostdeutschen Ausbrüche von Ungehorsam, aus der gleichen Quelle gespeist wie unser Galgenhumor, wenn wir mit spöttischem Blick trotzige Dinge sagten und uns dann wiehernd auf die Schultern klopften, mit Lachtränen in den Augen uns so gut verstanden. Aufgefangen war dann die Wut in der weichen Matte der geschwisterlichen Notgemeinschaft.

Obwohl ich ungeduldig war, freute ich mich. Es war mir klar, dass der bloße Gedanke an einen Ausreiseantrag für ihn ein neuer und auch ein großer Schritt war.

„Das würdest du tun wollen?" fragte ich und suchte seinen Blick. Vielleicht wollte er mich nur hinhalten und die Chance wäre dann vorüber. Er starrte an die Zeltdecke.

„Ja, ich glaube schon", sagte er. Ich grübelte.

-

Dann kam der Freitag. Wir waren jetzt eine Woche in Ungarn. Nichts war wie immer. Die Luft glühte vor Spannung. In abgeschwächter Form gab es diese Atmosphäre seit Monaten ja auch zu Hause. Überall schimpften fremde Menschen miteinander über ihre Unzufriedenheit mit dem Staat. Kaum jemand flüsterte noch. Die Menschen wirkten wacher, wenn sie jetzt durch die Straßen liefen. Aber die Regierung hatte bereits härteres Durchgreifen angekündigt. Volksbildungsministerin Margot Honecker war vor kurzem sehr deutlich geworden. Konterrevolutionäre Kräfte würden nicht geduldet. Wer die Errungenschaften des Sozialismus mit Füßen trete, müsse mit Konsequenzen rechnen. In Wirklichkeit weiß ich ihre Worte nicht mehr genau. Ungefähr in dieser Art muss sie jedoch geklungen haben, denn wir waren damals besorgt und sprachen viel darüber. Hierhin jedoch reichte die Macht der DDR-Führung nicht. Die Ungarn ließen die Leute über ihre Grenzen nach Österreich. Jeden Tag schienen es mehr zu sein. Eine Boulevardzeitung hatte die Flucht heute als reinsten Spaziergang beschrieben. In zehn Minuten habe man Österreich erreicht. So stand es vorher noch in keinem Artikel. Die Saalfelder hatten vorhin angeboten, uns mit ihrem Auto einmal an die österreichische Grenze zu fahren.

Nach dem Frühstück nun waren wir in den Pool gesprungen.

„Sollen wir das machen, mit den Saalfeldern mal an die Grenze fahren?" fragte ich Robert und strich mir die nassen Haare aus dem Gesicht.

„Ach, das brauche ich nicht." Er tauchte einmal durch das ganze Becken, prustete und schwamm mit kräftigen Schwimmzügen zu mir zurück. Er wollte niemanden, der ihn überredete, ihn schubste. „Die anderen Sachen, kriege ich Arbeit, will uns dort überhaupt jemand - das ist wichtig." Also waren seine Überlegungen weiter gegangen.

„Ja, und das mit der Stasi."

„Na ja, ich weiß ja auch nicht, vielleicht ist meine Angst da auch übertrieben."

„Meine Eltern würden es wahrscheinlich sogar gut finden. Sie reden doch heute noch davon, warum sie als Verlobte in Prag nicht schnell 'reingelaufen sind in die Westdeutsche Botschaft, als dort gerade kein Soldat stand. Nur weil Vati seine Bücher nicht zurück lassen wollte." Wir lachten ein bisschen zusammen und nahmen uns in die Arme.

„Wie kann man wegen seiner Bücher nicht in den Westen wollen!" **frotzel**te Robert nicht zum ersten Mal.

„Ach, vielleicht waren es nicht die Bücher in Wirklichkeit." Dieser Gedanke war mir eben neu gekommen.

„Wieso, warum sonst?"

„Naja, nach meiner Ablehnung zur Oberschule hat er ja auch zuerst gesagt, dass wir den Ausreiseantrag stellen, aber dann löste sich alles wieder auf. Ich glaube, er hat vielleicht auch so ein Ding in sich von: Gott hat mich hierher gestellt, das ist mein Platz."

„Naja, kann ich mir auch vorstellen bei deinem Vater. Konsequent war der doch immer, auch mit seiner Wehrdienstverweigerung." Ich legte mich auf den Rücken und plantschte ein bisschen auf dem Wasser herum. Robert fing mich ein.

„Und du hast nicht so was in dir, von wegen: Mein Platz ist hier?"

„Nö, hatte ich nie." Ich lachte, doch dann dachte ich nach:

„Mein Vater hatte damals seine ganz persönliche Begegnung mit Gott, glaube ich. So etwas vergisst man nicht. Ich hatte auch schon eine, aber ganz anders. Mit 16 habe ich mal geträumt zu sterben und ein neues Leben zu bekommen. Das war so intensiv und wunderbar, dass ich mich vielleicht mein ganzes Leben daran festhalten kann."

„Nicht schlecht. Bekommt jeder so eine persönliche Begegnung?"

„Keine Ahnung. Ich würde aber denken, wenn du es dir wirklich wünschst, bekommst du sie irgendwann."

„Aha." Ich kuschelte mich an ihn. Dann sah ich ihm

wieder ins Gesicht.

„Deine Mutter würde es wahrscheinlich auch verstehen", nahm ich den Faden wieder auf. „Dein Vater wäre natürlich nicht gerade erfreut."

„Ach, der Alte, das ist mir egal." Wütend warf Robert einen kleinen ins Wasser gefallenen Zweig aus dem Wasser. Der soll mir noch mal in die Quere kommen, funkelten seine Augen.

„Du weißt auch, dass es nicht klar ist, ob sie einem einen Ausreiseantrag jemals genehmigen. Und ich glaube, manche verlieren dann außerdem ihre Arbeit." Ich wollte, dass alles gesagt war. Robert strich mir über die nassen Haare.

„Ach, was machen wir denn nun?" Er sah ratlos aus.

„Wenn wir nur jemand fragen könnten", überlegte ich. „Meine Eltern können wir nicht anrufen, was?" Robert schüttelte entschieden den Kopf.

„Ich weiß es", durchfuhr es mich. „Wir rufen meine Patentante in Hamburg an. Die kann uns was sagen, einen Rat geben." Robert schaute mich an. Dann stimmte er zu. Ich konnte es kaum fassen.

-

So fuhren wir nach Balatonfüred, an eine öffentliche Telefonzelle. Als ich ihre Nummer wählte, zitterten meine Hände. Sophie war eine Freundin meiner Mutter, und wir hatten ein vertrautes Verhältnis zueinander. Wir schrieben uns Briefe, und seit meiner Kindheit hatte uns Sophie mit Thomas und Christoph regelmäßig besucht. Sie war aus der Generation meiner Eltern, und ich vertraute ihr. Fast weinend vor Aufregung meldete ich mich.

„Hallo Sophie, hier sind Gabriele und Robert."

„Gabriele, seid ihr noch in Ungarn oder schon in Gießen?", war die nun ebenfalls aufgeregte Stimme meiner Patentante zu hören.

„Nein, wir sind in Ungarn. Wir überlegen noch, ob wir es machen sollen. Robert hat Angst, dass er keine Arbeit findet und so."

„Ach Quatsch, Gabriele, wenn ihr es jetzt nicht versucht, dann kommt ihr nie raus! Das mit der Arbeit ist überhaupt kein Problem. Und du findest auch eine neue Ausbildung. Oder du machst Abitur und studierst, was immer du willst!" Zitterig holte ich tief Luft. „Ist alles in Ordnung Gabriele?"

„Ja, okay. - Danke Sophie. Es geht schon. Wir mussten vorher mit jemandem sprechen."

„Ist ja gut. Macht euch keine Sorgen. Und meldet euch gleich, wenn ihr da seid. Viel Glück!" Es dauerte ein paar Sekunden, bis der Hörer wieder in der

Gabel hielt.

Als ich aus der Telefonzelle trat, begann ich zu weinen. Plötzlich schien der Boden unter mir zu wanken. Robert hielt mich fest. Die ganze Zeit war ich diejenige gewesen, die unbedingt weg wollte. Jetzt aber, in diesem Moment, in dem wir beide wussten, dass wir die Entscheidung getroffen hatten, stürzte ich. Alles tat mir weh. Meine Eltern fehlten mir bereits jetzt unendlich. Hatte ich mich gerade dazu entschlossen, auf die Menschen zu verzichten, die mir nach wie vor Heimat bedeuteten? Das konnte nicht Wirklichkeit sein! Suchend irrte mein Blick umher. Er blieb an den Wolken hängen, die gleichmütig über alle Grenzen hinweg zogen, mal dick und schwer, mal federleicht wie jetzt. Von dort oben betrachtet mussten all die Probleme der Menschen miteinander nur einfältig und engstirnig erscheinen. Irgendwann setzten wir uns auf den gemauerten Rand einer Blumenrabatte. Wir starrten vor uns hin. Meine Tränen liefen weiter, doch sie schüttelten mich nicht mehr. Wir warteten auf uns selbst. Was nützt es, auf einem Weg, auf dem es kein Zurück gibt, die Hälfte von sich zu vergessen?

Als keine Tränen mehr kamen, lächelten wir uns an, etwas dünn noch. Robert kaufte an einem Obst- und Gemüsestand schräg gegenüber zwei Pfirsiche. Sie waren süß und saftig. Aus meiner Wasserflasche wuschen wir uns Münder und Hände. Dann tranken wir den Rest.

„Wollen wir?" Robert wischte sich mit dem Handrücken über den Mund.

„Ja", sagte ich und war erstaunt, wie klar meine Stimme klang. „Wir haben so viel zu tun."

-

Mit unseren Zeltnachbarn aus Jena und Saalfeld besprachen wir alles Wichtige. Katrin und Steffen wollten am nächsten Morgen nach Hause fahren und würden einen Brief an unsere Eltern mitnehmen. Die Saalfelder versprachen uns, am Abend in der Disco Westdeutsche zu finden, die uns mit zur Grenze nehmen und noch etwas Gepäck für uns über die Grenze transportieren würden. Sie glaubten nicht, dass dies ein Problem sein würde. Die Zeltplatz-Eigentümer boten an, unser Motorrad solange in ihrem Maisfeld zu verstecken, bis Robert es in ein paar Wochen wieder abholen könnte. Wir schrieben den gesamten Nachmittag an den Briefen. Meiner war so dick, dass er kaum in einen Umschlag passte. Er enthielt auch die Bitte, unsere Wohnung auszuräumen, bevor die Stasi alles konfiszieren würde, und genaue Anweisungen dazu. Alles durften meine Eltern nicht mitnehmen, denn dann würde es auffallen. Am Wichtigsten waren die Papiere: Unsere Geburtsurkunden, Schulzeugnisse und Roberts Facharbeiterzeugnis. Aber auch ein paar Lieblingskleider, möglichst alle Bücher, meinen Gründerzeitschreibtisch samt Inhalt, das kleine Schränkchen dazu und das Jugendstilvertiko wollte ich haben. Außerdem hatte ich im Flur einen selbst aufgearbeiteten alten Dielenschrank stehen und im Hausflur ganz unten einen weiteren zweitürigen Kleiderschrank noch in Arbeit. In diese Möbel hatte ich schon viele Arbeitsstunden gesteckt. Auf dem Dachboden bewahrte ich das Kinderspielzeug auf, das ich mit meinem Bruder vor einiger Zeit aufgeteilt hatte, weil unsere Eltern ihren Dachboden entschlacken wollten. Gab es davon etwas, das ich nicht entbehren konnte? Meine Puppe Silke? Die Lieblingspuzzles? Die Gummiindianer und Pferde? Die bemalten Playmobil-Pferde mit ihren Cowboyreitern aus einem Weihnachts-Westpaket? Sie waren die Helden unendlich vieler Spiele mit meinem Bruder zusammen gewesen. Der wäre dann auch erst einmal weg, ging es mir traurig durch den Sinn. Ich konnte mit ihm so viel Spaß haben, doch auch vertraut waren wir miteinander. Dennoch.

Der Plüschhund meiner Kindheit saß auf unserem Bett. Den würden sie nicht vergessen, das bräuchte ich nicht einmal aufschreiben. Ich lächelte. Der würde ihnen notfalls hinterher springen, stellte ich mir vor. Meine zwei Fotoalben waren wichtig, die Krippenfiguren aus Gips, die ich selbst angemalt hatte, natürlich ebenfalls. Nun, ein bisschen leer würde die Wohnung schon aussehen, aber mit etwas Geschick könnten sie den Rest neu arrangieren.

Als ich meinen Brief beendet hatte, war es später Nachmittag, und mir war flau im Magen. Seit dem Morgen hatten wir nur den Pfirsich neben der Telefonzelle gegessen.

„Ich koche uns eine Tütensuppe", rief ich in Roberts Richtung. Ich gähnte und reckte meine Glieder, dann schlurfte ich zur Gemeinschaftsküche. Etwas frisches Gemüse hatten wir im Vorratskeller noch.

Schließlich saßen wir auf unseren Luftmatratzen vor dem Zelt und balancierten die Teller auf unseren Knien. Wir versuchten zu essen, doch unser Magen rebellierte. Er hatte sich verschlossen, obwohl wir hungrig waren.

„Mann, das macht mich fertig", schüttelte Robert den Kopf, während er ein paar Löffel aß. Ich sah ihn mit glänzenden Augen an.

„Noch nie in meinem Leben war ich so aufgeregt! Aber - ich freue mich auch so!", strahlte ich, noch ganz erfüllt vom Schreiben und sicher nun, dass ich dank der Anweisungen an meine Eltern, wichtige Dinge aus meinem bisherigen Leben würde hinüberretten können in ein anderes, neues Leben. Robert schaute skeptisch, doch nicht lange. Er ließ sich anstecken. Wir hatten uns verschworen zu einer ungeheuerlichen Tat. Als ich die Teller zusammen räumte, fühlte ich mich fiebrig.

„Ich muss zur Toilette", stellte Robert fest und verdrehte die Augen. Ich fühlte es bereits auch. Dieser Zustand, nichts, was wir gegessen hatten, bei uns behalten zu können, sollte noch etliche Tage anhalten.

Spät am Abend kamen die Saalfelder mit der Nachricht zurück, zwei nette Jungs aus München gefunden zu haben, die uns morgen Mittag hier abholen und mit zum Grenzübergang bei Deutschkreuz nehmen würden. Auch zwei Koffer könnten wir ihnen mitgeben. Die restlichen Sachen und unser Zelt wollten sie selbst am Sonntag mit nach Hause nehmen und dann auch meinen Eltern bringen, die in nicht allzu großer Entfernung wohnten. Wie kam es nur, dass alle so nett zu uns waren? Jeder half uns. Das war doch nicht normal. Die, die selbst nicht fliehen konnten oder wollten, halfen zumindest anderen dabei.

An Schlaf war in dieser Nacht nicht mehr zu denken. Im Dunkel der Nacht entspann sich Angst. Wie sollte das alles werden? Mein Elternhaus hatte einen Telefonanschluss, doch würde der nach meiner Flucht noch funktionieren?

Aus dem Westen musste man oft lange wählen, bevor man Verbindung bekam, hatten unsere Verwandten schon oft erzählt. Ich würde es tun, natürlich, so lang wie eben nötig. Doch würde es mir genügen, ihre Stimme zu hören, allein mit Robert in einer ganz anderen Welt?

Ich hatte diese andere Welt ja sogar schon einmal gesehen. Zwei Jahre zuvor hatten wir für meine Mutter und mich zusammen eine West-Reise beantragt und wunderbarerweise auch genehmigt bekommen. Der nötige Anlass war der 70. Geburtstag einer Tante meiner Mutter gewesen, die sie dann allerdings allein besucht hatte. Schließlich hatte ich zwei Brieffreundinnen in Westdeutschland. Ich dachte daran, wie gut es sich angefühlt hatte, mich in dieser Welt der Möglichkeiten bewegt zu haben. Wegen Robert war ich wieder zurückgefahren. Die Eltern einer meiner Freundinnen, bei denen ich dann war, hatten mir angeboten, bei ihnen zu bleiben. Vor zwei Jahren war ich auch schon 18 gewesen. Doch trotz aller Träume konnte ich nicht einfach alles hinter mir lassen, was mir lieb und vertraut war. Jetzt gab es Lücken in den Mauern und Zäunen zwischen Ost und West. Wer wußte, was nun noch alles möglich war - alles Gute oder alles Schlechte? Wer wußte, wie lange dies alles noch hielt? Tausende verließen das Land. Ich wollte nicht zurück auf das seeuntüchtig schlingernde Schiff der DDR. Von weitem wirkte es so grau. Die Besatzung dieses Schiffes bewahrte steinerne Mienen. „Alles in bester Ordnung bei uns", rief es alle Stunde aus den Lautsprechern. Traumfetzen, Gedanken, Ängste und Ungewissheiten trieben mich bis zum Morgengrauen durch eine lange Nacht.

-

Am nächsten Morgen packten wir unsere Sachen. Ich sah zu, wie unser Motorrad im Maisfeld verschwand. Am Mittag waren wir schon eine Stunde vor der vereinbarten Zeit fertig und lungerten auf dem kleinen Zeltparkplatz herum. Alle zehn Minuten fragten wir uns und unsere Zeltnachbarn, die abwechselnd mit uns warteten, ob uns die Jungs wohl wirklich abholen würden. Schließlich kamen sie. Michael und Lukas fuhren einen großen alten Ford, in den unsere zwei Koffer noch mühelos mit hineinpassten. Sie waren nett und anfangs auch lustig. Sie versuchten, uns Mut zu machen. Doch unser Lächeln war nur flüchtig. Meine sonst immer kühlen Hände fühlten sich heiß und feucht an. Nach ein wenig bemühter, freundlicher Konversation, erstarben die Worte auf unserer Fahrt. Mir war, als läge eine Last auf mir, die mit jedem Kilometer, den wir uns der Grenze nährten, größer würde. Angestrengt schaute ich aus dem Fenster. Dann sank ich wieder in die Polstersitze. Alle Westautos fuhren weich. Allerdings roch dieses hier nicht so unangenehm, wie die unserer Westverwandten. Wahrscheinlich fuhren die neuere Jahrgänge.

Als wir die ersten Wachtürme sahen, legte mir die Angst eine Schlinge um den Hals. War es auch wahr, dass alles so leicht ging? Schossen die Soldaten wirklich nicht mehr? Michael und Lukas ließen uns in einem Dorf an der Grenze, nahe des Grenzübergangs aussteigen. Sie umarmten uns zum Abschied und ich sah, dass auch sie vor Anspannung und Mitgefühl kaum ein Wort fanden, das ihnen geeignet erschien.

„Ich schicke euch dann eure Koffer. Hier ist meine Telefonnummer", sagte Michael. Wir sahen dem roten Auto hinterher. Es hinterließ eine Staubwolke. Dann standen wir allein am Dorfeingang. Wir hatten unsere schwarzen Jeans und die schwarzen Kunstlederjacken aus dem letzten Ungarnurlaub angezogen. Dazu trugen wir jeder eine kleine schwarze Umhängetasche.

„Lass uns jetzt gleich über das Maisfeld hier laufen", bat ich Robert. Wenn dieser wachsende Druck auf mir noch viel schwerer würde, würde ich später nicht mehr rennen können, befürchtete ich.

„Natürlich nicht. Wir gehen, wenn es dunkel ist." Robert erschien mir jetzt viel erwachsener als ich mir selbst, und ich war froh darüber. Schließlich war er acht Jahre älter als ich. Ich nahm seine Hand und fühlte mich ein wenig besser. So schlenderten wir ins Dorf hinein. Alle Leute auf der Straße lächelten uns zu. Komplizenhaft erschien mir ihr Lächeln zu sein.

„Mensch, die wissen alle, was wir vorhaben", hörte ich auch Robert neben mir.

„Ja, wir sehen wohl ziemlich zweckmäßig aus." Ich warf einen Blick auf unsere Kleidung und fühlte mich unsicher.

„Hallo", rief uns da ein vorbeieilender Priester in schwarzer Soutane zu. „Geht mit Gott und schickt mir eine Ansichtskarte!" Er lachte. Verlegen grinsten wir ihm hinterher.

„Die sprechen hier schon alle deutsch", wunderte

ich mich.

„Komm, da ist ein Cafe´. Hier gehen wir jetzt rein und essen noch mal was", entschied Robert.

„Henkersmahlzeit." Ich grinste schief und Robert tat es mir nach. Dann lachten wir lieber. Es roch nach Kaffee und warmen Sandwiches. Die Einrichtung bestand aus weiß lackierten Metalltischchen mit ebensolchen Stühlen daran, die Sitze mit rotem Kunstleder bezogen, den gleichen Möbeln wie in meinem Lieblings-Eiscafé in unserer Kreisstadt. Sie stammten offensichtlich aus der gleichen sozialistischen Fabrik im Rat für gegenseitige Wirtschaftshilfe. Die Tische waren zur Hälfte besetzt. Es war hell, denn an zwei Seiten des Gebäudes zogen sich Fensterfronten entlang. In der hintersten Ecke ließen wir uns nieder. Schon jetzt hatten wir das Bedürfnis, alles im Blick zu haben.

Während wir angestrengt auf unseren Sandwichs herum kauten, beobachteten wir eine Gruppe von jungen Leuten in schwarzen Lederklamotten, die sich am Tisch neben dem Eingang aufgedreht und laut unterhielten und das ansonsten verhaltene Stimmengewirr bestimmten.

„Motorradfahrer aus dem Westen?", kaute ich in Roberts Richtung.

„Hm, wahrscheinlich."

Draußen zog sich langsam der Himmel zu. Die kleinen hellen Häuser des Ortes, die ich durch das Fenster sah, hoben sich leuchtend vor dem immer dunkler werdenden Himmel ab.

„Das wird noch ordentlich schütten heute, mindestens. Komm, wir suchen uns jetzt am Dorfrand in der Nähe der Grenze einen Platz zum Warten." Wir zahlten. Beim Verlassen des Cafés streifte ich die Gruppe der lauten Lederjacken noch einmal mit einem Blick. Wie auf ein Kommando sahen mich alle vier an und verstummten. Dann lachten wir gleichzeitig los. Eine Zehntelsekunde vor unserem Blickkontakt war mir aufgefallen, dass sie sämtlich kleine dunkle Taschen bei sich stehen hatten.

„Hey, wir kommen mit", grölte einer, der sich uns später als Otto vorstellte. Mit seiner dunklen Lockenpracht sah er gut aus, ein bisschen wie der junge Jim Morrison.

Auf der Dorfstraße sprach uns noch einmal ein Mann aus dem Dorf an. Es war schon älter, mit grauem Vollbart und gefurchtem Gesicht voller Lebenserfahrung.

„Hier müsst ihr langgehen", wies er uns mit seiner Hand die Richtung. „Dort und dort sind Wachtürme, an denen dürft ihr nicht vorbei. Ich kenne mich aus, früher sind wir selbst oft heimlich diese Wege gegangen. Sie waren hier mit uns an der Grenze nie besonders streng. Seit ein paar Jahren dürfen wir sogar offiziell reisen. Wir haben früher ja auch zu Österreich gehört. Unsere Familien wurden teilweise getrennt."

„Schießen die Grenzer noch?" fragte eines der Mädchen.

„Ja, man hört noch Schüsse nachts, aber ihr müsst dann weiterlaufen. Sie schießen nur noch in die Luft."

„Oh Gott!", stöhnte ich. Es passte dazu, dass die dunklen Wolken sich bedrohlich über den Himmel ausgebreitet hatten. Wind kam auf, und wir zogen weiter in Richtung des Grenzwaldes, der unweit des Dorfes begann. Dazwischen gab es kleinere und größere Felder. Am Rand eines Maisfeldes fanden wir einen maroden, hölzernen Unterstand ohne Fenster. Wir drängten uns hinein, denn es hatte nun auch zu nieseln begonnen. Entlang der Wände zogen sich Bänke. Es roch moderig, aber nicht unangenehm hier drin. Der Boden bestand aus festgestampfter Erde. Es gab nur eine Türöffnung ohne Tür, durch die wir auf einen Feldweg und das dahinter liegende Grün des Waldes hinaussahen. Nicht weit von hier sollte jedoch einer der Wachtürme stehen, deshalb würden wir später etwas weiter feldaufwärts starten. Wir hatten noch nicht lange dort gesessen, als wir ein Pärchen in dunkler Kleidung und ebensolchen Umhängetaschen am Feldrand entlangkommen sahen. Wir winkten und riefen sie lachend zu uns. So ernst unser Vorhaben war, es offenbarte nun schon zum wiederholten Mal heute den gleichen Schrecken, der im nächsten Moment auch ein Witz war: Wir alle hatten uns für diese Nacht unauffällig dunkel gekleidet, doch waren gerade deshalb vorher schon von weitem für jeden in unserer Absicht zu erkennen. Kati und Wolfgang freuten sich, nicht mehr allein zu sein. Nun waren wir zu acht.

„Erst wenn es vollkommen dunkel ist, gehen wir los", erklärte Robert, der von uns allen der Älteste war. Bis dahin waren es noch ein bis zwei Stunden. Wir erzählten uns unsere Geschichten zur Ablenkung. Als zwischendurch jemand Beruhigungstabletten auspackte und herumreichte, nahmen wir alle davon. In Erinnerung ist mir nur noch Ottos Geschichte. Er kam aus Berlin und lebte dort mit seiner Mutter. Er erzählte, dass er von seinem Zimmerfenster aus habe über die Mauer blicken und das Haus seines Vaters sehen können. Zu dem wollte er jetzt, nach Westberlin. Er reiste also von Ostberlin über

Ungarn und Österreich nach Westberlin. Eigentlich wollte er nur auf die andere Straßenseite. Später habe ich mir oft vorgestellt, wie es mir in solch einer absurden Situation ergangen sein würde. Ich dachte dann oft, dass es für mich vielleicht egal gewesen wäre, ob ich das Haus meines Vaters tatsächlich hätte sehen können oder nicht. Ich hätte es immer gesehen, sobald ich aus dem Fenster geschaut hätte. Deshalb verzieh ich ihm, für den Fall, dass er übertrieben hatte. Er war so ein Typ, fand ich.

-

Schließlich war es soweit. Es war dunkel und ein heftiges Gewitter war losgebrochen. Normalerweise ging bei solchem Wetter niemand vor die Tür. Wir sprachen zueinander von unserer Hoffnung, dass die Grenzsoldaten bei Gewitter vielleicht lieber in ihren Unterkünften blieben. Hintereinander liefen wir zuerst am Feldrand entlang und dann über eine Wiese in die Richtung, die uns der alte Mann gewiesen hatte. Ich zählte die Sekunden zwischen Blitz und Donner. Es waren noch ein paar, zum Glück. Schließlich kamen wir an einen Stacheldrahtzaun. Der war jedoch niedergerissen und machte uns, so seiner Funktion beraubt, ein wenig Mut. Vor uns lag ein riesiger Streifen frisch gepflügter Acker.

„Hier müssen wir drüber", rief Robert, „schnell!"

Die nasse Ackererde klebte bald in Klumpen an unseren Schuhen.

„Ich kann nicht mehr", jammerte ich noch mitten auf dem Feld.

„Wir müssen weiter", ächzte Robert unerbittlich, „da vorn am Waldrand können wir uns ausruhen." Wir rannten. Dann hatte ich mich kurz umgedreht.

„Guck mal, die beiden Mädchen... Sie gehen... Vielleicht kommt gar keiner mehr!" In der Tat liefen die beiden Mädchen aus dem Cafe´ nicht mehr, sondern hatten sich an den Händen gefasst und spazierten singend über das Grenzfeld. Als ich sie so sah, wusste ich in der gleichen Sekunde, dass ich dieses Bild niemals vergessen würde.

„Nein, trotzdem!" Robert nahm meine Hand und zog mich mit sich. Weit war es nun nicht mehr bis zum Waldrand. Blutgeschmack lag in meinem Mund, genau wie in der Schule beim Ausdauerlauf, den ich immer viel zu schnell begonnen und dann nicht hatte durchhalten können.

In nächsten Moment strahlten Scheinwerfer auf, und Lautsprecher forderten uns in ungarischer Sprache auf, stehen zu bleiben. Die ersten waren gerade am Wald angekommen. Einer der Jungs aus dem Café vor uns lief zurück zu den Mädchen, die nun nicht mehr entkommen konnten. Wir allerdings hetzten die letzten Meter weiter, an den Waldrand und in den Wald hinein.

Nachdem ich wieder durchatmen konnte, begriff ich, dass als einziger Otto aus dem Café noch bei uns war. Das Pärchen vom Feldrand war verschwunden. Wir liefen weiter voran. Nach einigen Minuten hatten wir das andere Ende des Waldstreifens erreicht. Wir sahen in Richtung Grenze und ich glaubte meinen Augen nicht:

„Was ist das?", flüsterte ich und zeigte auf einen taghell erleuchteten Streifen, der sich in einiger Entfernung von rechts kommend quer durch eine Graslandschaft zog und links hinter einem Waldstück verschwand. „Das ist ja wie bei uns an der Grenze. Da kommen wir nicht drüber, da ist jede Maus zu sehen!"

„Scheiße!", fluchten auch die Männer. „Wir gehen hier lang", entschieden sie schließlich und bogen nach links in unserem Waldstreifen.

„Aber - wir müssen doch da drüber!" Irritiert lief ich den beiden hinterher. Ich fand es völlig sinnlos, an der Grenze entlang zu laufen, wenn wir doch auf die andere Seite wollten.

Wir versuchten, unhörbar zu schleichen. Unsere Taschen behinderten uns nicht mehr, die hatten wir bereits am Waldrand fallen lassen. Sie waren zu schwer gewesen, als es darauf ankam. Wir liefen durch lichtes Unterholz. Es war hügelig. Der Regen trommelte auf die Blätter der Laubbäume. Die Indianerfilme meiner Kindheit kamen mir in den Sinn. Ich nehme an, dass die Beruhigungstablette ihre Wirkung tat, denn ich fühlte mich nicht mehr ängstlich. Ich sah mich als Kind durch den Wald springen, mir vorstellend, ich sei ein Indianermädchen, eins mit der Natur und unsagbar wild. Auch wir waren nun ausgebrochen und bereit zu allem.

In Wirklichkeit hörten wir uns wahrscheinlich wie Elefanten an, die durch den Wald stießen, denn das Unterholz krachte bei jedem unserer Schritte. Auch das Prasseln des Regens änderte nicht wirklich etwas daran. Dies realisierte ich, als Robert und Otto plötzlich reglos stehen blieben, in die gleiche Richtung schauten und Robert mit seiner Hand zu mir nach hinten wedelte. Ich blieb ebenfalls stehen. Ein paar Meter von uns entfernt stand ein bewaffneter Soldat. Er schien uns nicht bemerkt zu haben, denn er hatte sein Gewehr geschultert, schaute in eine andere Richtung und pfiff laut vor sich hin. Vorsichtig und langsam bewegten wir uns rückwärts und umgingen ihn dann in großem Bogen. Meine Zuversicht sank. Hatte es nicht geheißen, die Flucht sei ein

Kinderspiel? Wir hatten keinerlei Orientierung und waren schon eine Stunde unterwegs. Ich dachte an die Wasserflasche in meiner verlorenen Tasche.

Schließlich stimmten Robert und Otto zu, uns wieder nach vorn zum Waldrand zu orientieren.

Wir hatten die schützenden Bäume jedoch gerade im Rücken gelassen, als wir uns auch schon ins hohe Gras fallen ließen, denn ein Jeep voller Soldaten kam direkt auf uns zu gefahren und hielt fünf Meter vor uns an. Die Soldaten stiegen aus, rauchten und redeten. Gesehen hatten sie uns nicht. Eine halbe Stunde verging. Ich traute mich nicht, mich zu bewegen. Nach kurzer Zeit verkrampften sich meine Muskeln und schmerzten. Der Regen hatte etwas nachgelassen. Durstig leckte ich die Wassertropfen von Roberts Jacke vor meinem Gesicht. Dabei kamen sie wieder, die Bilder des Abenteuers, und ich fühlte mich trotz der körperlichen Strapaze gut. Alles war beinahe unglaublich und intensiv. Konnte wirklich ich es sein, die dies alles erlebte? War das Leben nicht immer irgendwie vorhersehbarer gewesen? Die nasse Walderde duftete. Der Regen war weich und warm.

Schließlich stiegen die Soldaten wieder ein und fuhren davon. Wir entschieden uns, den Wald doch noch nicht zu verlassen und unsere ursprüngliche

Richtung fortzusetzen, denn wir hatten in dieser Richtung keinen erleuchteter Streifen mehr gesehen. Die Gegend stieg nun hügelig an. Einer hinter dem anderen huschten wir durch den Wald.

Wenige Minuten später tat sich ein neues Hindernis vor uns auf. Dichte, dornige Hecken verunmöglichten unser Weiterkommen.

„Wir müssen da drüber", stellte einer der Männer klar, und schon begann Otto, in seiner Lederkluft besser geschützt als wir, über die Hecke zu klettern. Mühsam unterdrückte er einige Flüche und landete auf der anderen Seite.

„Hier ist ein Weg", hörten wir ihn. „Los Gabriele, jetzt du." Ich wollte es genauso machen wie er. Doch nach kurzer Zeit hing ich fest und kam nicht vor und nicht zurück. Überall spürte ich Dornen. Schreien war selbstverständlich verboten. Robert schob von hinten, und als Otto mich fassen konnte, zog er zusätzlich von der anderen Seite. Kopfüber landete ich schließlich, etwas von Otto abgefangen, auf dem Weg. Robert kam ebenso allein über die Hecke wie Otto. Flüchtig dachte ich, dass bei den Naturvölkern die Männer wohl noch unmittelbarer in der Lage waren, Frauen zu beeindrucken. Die taten ständig solche Dinge, stellte ich mir vor. Mir tat alles weh. Im angrenzenden Waldstück fanden wir nach kurzer Zeit wieder einen Stacheldrahtzaun.

„Das ist doch gut, dann ist das die richtige Richtung." Robert sah sich um. Ich sagte nichts. Die Schmerzen hatten meinen Zauber zerstört. All dies dauerte mir auch bereits zu lange. Ich konnte mir nicht mehr vorstellen, dass es uns nach solch langer Zeit noch gelingen könnte, Österreich zu erreichen. Meiner Meinung nach hatten wir uns der eigentlichen Grenze noch nicht einmal genähert. Robert war jedoch zuversichtlich. Nachdem Otto über den Zaun geklettert war, stellte Robert fest, dass auch dieser Zaun bereits so marode war, dass man ihn an einer Stelle ein Stück anheben und darunter hindurch kriechen konnte. Dankbar lächelte ich ihm zu.

Zum dritten Mal wagten wir uns nun in Richtung Waldrand. Es ging hier steil bergauf. Oben angekommen, senkte sich vor uns ein Weinberg in eine weite Landschaft. In einiger Entfernung war ein hell erleuchtetes Gebäude zu erkennen, welches ich für ein Grenzgebäude hielt. Ebenso funkelten weiter hinten die Lichter eines Ortes.

„Schaut mal hier!", rief ich und zeigte auf einen weißen, quaderförmigen Stein, an den ich gerade mit dem Fuß gestoßen war. Er war mit Efeu überwuchert.

„Ein Grenzstein?" Robert hockte sich neben ihn, und wir untersuchten ihn näher. Auf der Waldseite war ein schwarzes *M* zu erkennen, auf der Seite des Weinberges ein *Ö*. Wir konnten die Buchstaben nicht zuordnen. Die Zeit der Reiseführer war damals für uns noch nicht angebrochen. Wenn statt eines *M* ein *U* gestanden hätte, wären wir sicher gewesen. Doch wir kannten das ungarische Wort für Ungarn nicht - *Magyarország*.

Das Gewitter war wieder stärker geworden. Bei jedem Blitz war es taghell und außerhalb des Waldes waren wir dann gut zu sehen. Wir beschlossen, sicherheitshalber zu robben und nur kurz nach einem Blitz etwas zu laufen. Bis zum Ort wollten wir noch auf diese Weise gelangen, sicherheitshalber. Wir gingen davon aus, uns eventuell noch in gefährlichem Niemandsland zu befinden. Heute weiß ich, dass es gar kein Niemandsland gab, doch in unseren Köpfen damals spukten Geschichten von einem Streifen Land, das niemandem gehörte und das deshalb auch noch ungewiss in seiner Sicherheit war. Es war eine geheimnisvolle Grauzone zwischen der Todesgefahr auf der Ostseite und der Rettung auf der Seite des Westens.

„Da, die Milchpackung als Vogelscheuche, da steht auf Deutsch Milch drauf!"

„Das ist kein Beweis, so was könnten auch die Ungarn haben." Robert und Otto bewegten sich trotz meiner Bedenken auf das erleuchtete Gebäude zu. Nach einiger Zeit stand Otto plötzlich auf und schaute angestrengt in Richtung des flachen Gebäudes.

„Seht doch mal, da ist ein Schild. Da steht was."

Wir standen auch auf. Ich konnte nichts erkennen. Meine Brille hatte ich in der Umhängetasche gelassen.

„Zollstation Deutschkreuz", las Robert monoton. Verwirrt starrten wir alle zum Schild. Leise sagte irgendjemand von uns:

„Wir haben es geschafft, wir sind in Österreich."

Wir schauten uns an und schauten wieder zum Schild. Die Zeit war stehen geblieben. Wir wussten nicht, ob Wirklichkeit sein konnte, was wir sahen. Wir wussten nicht, was wir tun sollten. Ich spürte, wie Tränen aus meinen Augen rannen.

„Wir haben es geschafft, wir sind in Österreich." Meine Stimme klang brüchig und seltsam.

Wir tasteten uns gegenseitig in die Arme und sagten diesen Satz wieder und wieder: zögernd, holprig, fragend, zitterig, flüsternd - dann nachdrücklich, beschwörend - schließlich jauchzend, singend, lachend - letztendlich kopfschüttelnd. Doch immer noch taten wir es leise, so als könnte die Tatsache sich andernfalls als Trugbild erweisen. Irgendwann liefen und stolperten wir alle drei umarmt zur Zollstation. In meiner Kehle drückte etwas, das hinaus wollte. Kurz vor dem Haus entflog ihr ein Schrei, urig. Kam er aus mir? Wie auf ein Signal fielen Robert und Otto ein. Mit unseren schlammigen Händen hielten wir uns die Köpfe, die in Richtung Wolken schrieen und schrieen, Zuerst gab es keine Worte in ihnen, dann formten sich welche: „Frei-heit! Wir-sind-raus!"

Robert nahm meinen Kopf in seine Hände und schüttelte ihn sanft. Sein Blick war völlig irre. Otto tanzte mit erhobenen Armen im Kreis herum und schrie: „Freiheit!"

Wie viel Hoffnung, wie viel Glück waren da. Wir waren so groß wie nie zuvor.

Als wir in die Zollstation eingetreten waren, hatte Otto noch nicht aufgehört, „Freiheit" zu rufen.

Neonröhren erleuchteten den großen, mit hellen Arbeitsmöbeln eingerichteten Raum vor den sich nahezu durchziehenden, jetzt dunklen Fensterfronten. Es war noch immer die Wärme des Tages zu spüren.

Die Uhr gegenüber, an der schmalen Stelle zwischen zwei Fensterfronten, zeigte kurz vor 1 Uhr. Viele Arbeitstische waren besetzt. Es roch ganz leicht nach Bürokratie: nach Druckerpapier, Stempelfarbe und nach Gummi.

Als ich die reservierten Gesichter der Beamten sah, wurde mir bewusst, wie wir aussahen. Ich schaute an mir herunter und sah die Schlammspuren, die unsere Schuhe auf dem grauen Linoleumboden hinterließen. Wir waren vollständig mit Schlamm bedeckt. Ein korpulenter Mitarbeiter wies uns als erstes den Weg zum Waschbecken im Toilettenraum, an dem wir zumindest Hände und Gesicht notdürftig reinigen konnten. Nach unserer Benutzung war dieser Ort in seiner weiß gekachelten Pracht vollständig ruiniert.

Als wir zurück kamen, stellte uns der Zollbeamte Fragen zu unseren persönlichen Daten. Wir konnten sie nicht beantworten. Wir waren uns sicher, sowohl er als auch alle seine Kollegen wollten zuerst hören, was wir erlebt hatten. Beim Erzählen überschlugen wir uns gegenseitig. Otto versicherte immer wieder:

„Es war die Hölle, zwei Stunden in der Hölle!" Das war mir ein wenig peinlich. Er übertrieb. Ich dachte, dass er vielleicht als Redakteur bei der Bildzeitung anfangen könnte. Die Männer, ich sah nur eine Frau unter ihnen, hörten uns eine Weile mit freundlicher Kühle zu. Als mir auch dies bewusst wurde, fragte ich sie, ob sie das alles hier wohl nun etliche Male am Tag erlebten. Mehrere der Männer nickten mit leicht gequälten Mienen.

Gehorsam und ein wenig ernüchtert, beantworteten wir nun die Fragen, die den Mann vor uns eigentlich zu interessieren schienen: unsere Namen, unseren Geburtsort und all diese Dinge. Als wir fertig waren, bat er uns, vor dem Haus zu warten. Ich sah, dass er Augenringe hatte und mir kam in den Sinn, dass hier nachts im Normalfall vielleicht nicht so viele Angestellte arbeiteten wie gerade jetzt.

„Ich rufe Ihnen ein Taxi, das Sie nach Deutschkreuz fährt. Alles Gute."

Vor dem Gebäude lehnten wir uns eine Viertelstunde lang an die Hausmauer, liefen ein paar Schritte auf und ab und sahen die Straße hinab.

„Wieso mussten wir nicht über den hell erleuchteten Grenzstreifen drüber? Weshalb war zuletzt keiner mehr da?", fragte ich, als ich die Straße mit den Straßenlaternen auf beiden Seiten betrachtete. „Weißt du, ich habe gerade das Gleiche gedacht", sagte Robert. „Aber wenn ich diese Straße hier anschaue,…"

„…dann könnte es auch nur einfach diese Straße gewesen sein, die uns so erschreckt hat," ergänzte Otto, raufte sich die Haare und grinste uns an. Wir nickten.

„Vielleicht haben die hier nie ganz diese Art Grenze gehabt, wie wir sie kennen." Noch ungläubig schüttelte ich den Kopf. Dann kam ein Polizeiauto. Mein Körper reagierte mit leichter Anspannung. Das sind jetzt die Guten, flüsterte ich mir selbst zu und blickte dem ankommenden Fahrzeug entgegen. Als der Polizist ausgestiegen war, maß er uns mit einem kurzen Blick von oben bis unten und wurde möglicherweise noch ein wenig blasser als er ohnehin schon war. Er schien müde, zwischen fünfzig und sechzig Jahre alt, blond mit schütterem Haar und einem Oberlippenbart. Jedenfalls lief er nach einem leisen Gruß in die Zollstation und kam mit einem Arm voller Zeitungen wieder heraus. Den Innenraum seines Dienstwagens legte er nun dick mit diesen Zeitungen aus, bevor er uns bat, Platz zu nehmen. Wir erfüllten seine Bitte so vorsichtig wie möglich. Während der Fahrt kamen Funknachrichten für ihn an. Er redete nicht mit uns, ließ aber auch die Funknachrichten unkommentiert. Wahrscheinlich hatten wir auch ihm den Nachtschlaf geraubt.

Wieder fuhren wir wie auf Federn. Der Streifenwagen roch intensiv und nicht angenehm nach Westauto. Es konnte also nicht alt sein. Ich hoffte, dass die Zeitungen ihren Dienst tun würden. Dann fielen mir die Jungs aus München ein, die uns bis zur anderen Seite der Grenze mitgenommen hatten und die sicher auch an uns dachten, vielleicht gerade jetzt.

Traumgleich sahen wir die nächtliche Landschaft an uns vorbeiziehen. Ein Gefühl, wie einen Film zu sehen. Wir fuhren durch Österreich. Sahen die Sträucher und Bäume hier anders aus als auf der anderen Seite? Vielleicht waren sie sauberer oder grüner? Auf jeden Fall waren wir nun frei. Frei - was für ein Wort. Ich dachte nach. Wir waren auch frei von fast allem. Wir hatten keine Kleidung mehr, keine Waschutensilien und nur wenig Geld. Vor einer großen Sporthalle ließ der Polizist uns aussteigen. Er deutete auf eine Tür, zu der eine Stahltreppe führte.

„Melden Sie sich dort. Auf Wiedersehen." Schon war er davon gefahren. Wusste er noch wie wir aussahen? Wahrscheinlich erinnerte er sich jetzt schon nur noch an den Dreck an unseren Kleidern. Inzwischen fühlte ich mich durchaus ein wenig eingeschüchtert. Wir waren der Freundlichkeit der Leute hier völlig ausgeliefert.

Wer und was waren wir nun? Ich sah erneut an mir herunter: Dreckige Flüchtlinge. Schon auf dem Zollamt hatte man uns kühl empfangen. Was war, wenn uns niemand wirklich haben wollte? Roberts Bedenken vom Zeltplatz fielen mir ein. Zögernd liefen wir auf die Stahltreppe zu, die zum Eingang führte.

Als wir die ersten Stufen hinaufgestiegen waren, öffnete sich oben eine schwere Metalltür und eine brünette Frau mit Pferdeschwanz, in Jeans und einer hellen Strickjacke erschien. Die Frau sah uns an, breitete ihre Arme aus, und ihr Gesicht leuchtete vor Freude. Verwechselte sie uns? Hatte sie auf jemanden gewartet? Sie sagte:

„Herzlich willkommen in Österreich! Schön, dass ihr da seid." War sie ein Engel oder so etwas? Sie kannte uns doch gar nicht. Sie führte uns herein in die zweckmäßig umgestaltete Turnhalle, in der überall Tapeziertische mit Kleidung standen. Im Moment war nicht viel los. Noch zwei weitere Frauen unterhielten sich hinter den Kleidertischen. Ein Mann saß an einem Tisch mit Thermoskannen und einem großen Topf, aus dem es nach Suppe duftete. Die Frau in der hellen Strickjacke lächelte sanft und nahm sich Zeit, einige passende Kleidungsstücke mit uns zu finden. Während dessen erzählte sie uns vom Engagement der Einwohner von Deutschkreuz. Sie hatten all die Kleidung gespendet. Manche von ihnen fuhren mit ihren PKW jede Nacht an der

Grenze entlang und riefen: „Ihr seid schon in Österreich. Hierher!"'

Sie hatten inzwischen erfahren, wie viele Flüchtlinge die Orientierung verloren hatten und auf dem Grenzstreifen herumirrten, manche viele Stunden lang. Es sollte sogar einen Fall von zwei Tagen gegeben haben. Jede Nacht kamen ungefähr vierzig bis siebzig Flüchtlinge in Deutschkreuz und Umgebung an, die am nächsten Morgen mit einem Sonderbus nach Wien gefahren wurden. Wien, dachte ich. Sollte ich morgen wirklich Wien sehen?

Schließlich ging sie mit uns zum Gasthof auf der Straßenseite gegenüber. Wir sollten in diesem Hotel übernachten? Wer bezahlte das? Wir hatten noch unsere 20 DM. Robert hatte sie in der Hosentasche. Das war alles. Wir wurden jedoch nicht danach gefragt. Der Wirt empfing uns ebenfalls herzlich und verkündete freudestrahlend, dass wir, wenn wir geduscht und umgezogen wären, hier auch noch essen könnten, was wir wollten, auf Rechnung des Hauses. Seit Erscheinen unseres Engels fühlten wir uns nun auf einmal als trüge man uns auf Händen. Der Wirt führte uns zu unserem Zimmer. Alles, was wir sahen, wirkte elegant und luxuriös auf uns: das einfache Restaurant, die mit dunklem Teppichboden ausgelegten Flure, von denen die Zimmer abgingen, die Allerweltslampen an den Wänden in goldfarben Metall mit Glas. Unser kleines Zimmer war mit türkis-blau gesprenkeltem Teppichboden ausgelegt und mit dunkelbraunen Möbeln eingerichtet: einem Doppelbett, einem Kleiderschrank und einem Schreibtisch. Blütenweiße Federbetten warteten auf uns, durchaus eine Verlockung nach eineinhalb Wochen Luftmatratze. Dicht gewebte weiße Gardinen aus Kunststoff hingen vor dem Fenster, umrahmt von blauen Übergardinen. Wir hatten sogar ein eigenes kleines Bad mit Dusche in unserem Zimmer. Es war hell gefliest und vollkommen sauber. Von öffentlichen Orten kannten wir so etwas nicht. Natürlich mussten wir nach unserer eigenen Reinigung auch unsere schlammigen Jeans darin waschen. Schade um das Badezimmer, aber so dreckig wollten wir sie nicht mit uns herumtragen, dann schon lieber nass.

Wir waren nicht hungrig und wären lieber gleich zu Bett gegangen. Doch weil uns unser Wirt so herzlich dazu eingeladen hatte und wir befürchteten, ihn sonst fast zu enttäuschen, kehrten wir nach unserer Dusche und in unseren sauberen Kleidern noch einmal ins Restaurant zurück. Wir sahen jetzt wieder aus wie normale Menschen, sogar wie Österreicher in unserer westlichen Kleidung. Der Wirt lachte uns entgegen. Wir bestellten uns zusammen eine

Portion Pommes mit Ketchup.

„Was, mehr nicht?" fragte er erstaunt. Ich lächelte ihn an.

„Nein danke, wissen Sie - die Aufregung - man bekommt nichts ´runter." Er nickte, und in seinem Blick lag nun fast so etwas wie Bewunderung.

„Wo ist denn der Andere, der mit euch gekommen ist? Hat der auch keinen Hunger?" Wir zuckten die Schultern.

„Vielleicht nicht, morgen früh bestimmt."

Schließlich sanken wir matt, wenn auch wach ins weiche Bett. Ich fühlte mich glücklich, auch ein bisschen schwerelos. Ein Gefühl von Wärme hüllte mich ein. Die Ereignisse der letzten Stunden und Tage hielten mich noch immer fest.

Irgendwann tauchte vor meinem inneren Auge ein bestimmtes Bild auf. Es war das des unterirdischen Ganges, durch den ich in meinem wiederkehrenden Kindertraum gelaufen war, mit dem gleichen Abenteuergefühl wie heute Nacht durch den Wald. Er begann hinter dem Kleiderschrank meiner Mutter und endete auf einem fremden Marktplatz im Westen.

Und nun war ich hier, auf der anderen Seite, in einem sauberen Hotelzimmer, in einem warmen, weichen Bett.

Eine Empfindung wuchs in mir und breitete sich aus. Fast wie Gewissheit fühlte sie sich an: Ich war mir plötzlich sicher, dass uns eigentlich nichts passieren konnte. Wir waren nicht allein. Es gab Menschen, die uns wollten und uns unterstützten. Dies würde auch so bleiben, nicht immer, aber immer wieder. Ich dachte an meine Eltern und stellte sie mir stolz auf mich vor, glücklich, doch mit Tränen in den Augen. Ich rollte mich auf die Seite und schaute Robert an. Auch er lag noch mit offenen Augen im Bett und schaute in sich selbst.

„Du Robert," flüsterte ich.

„Hm?" Robert neigte den Kopf leicht in meine Richtung.

„Dieser Soldat da im Wald, meinst du, der hat uns wirklich nicht gesehen?"

„Doch, das hat er", antwortete Robert, und ich hörte ihn tief Luft holen. Dann nahm er meine Hand.

Danksagung

Ich danke...

meinen Eltern für ihre geduldigen Erzählungen.

vielen meiner Freundinnen und auch einigen Verwandten für ihre Unterstützung in der Überarbeitungsphase und für ihre stetige Ermutigung.

meinem Mann für seine Toleranz meiner vielen Abende und Nächte am Computer.

Iris Junker für ihr fruchtbringendes Lektorat.

Prof. Joachim Skerl und Dr. Wolf Karge für ihre interessanten Ausführungen zur Historie von Heiligendamm.

Andre´ Duchow-Matz und seinen Eltern für ihre Übersetzungen ins Mecklenburger Plattdeutsch.

Inhalt

Der Traum   Seite   7

Musterung   Seite 72

Über Ungarn weg   Seite 115